아홉 시에 뜨는 달

아
홉
시
에

뜨
는

달

데보라 엘리스 지음 | 김미선 옮김

초판 인쇄일 2016년 12월 23일 | **초판 발행일** 2016년 12월 29일
펴낸이 조기룡 | **펴낸곳** 내인생의책 | **등록번호** 제10호-2315호
주소 서울시 마포구 동교로16길 12 한성빌딩 3층
전화 (02)335-0449, 335-0445(편집) | **팩스** (02)6499-1165
책임 편집 정내현 | **책임 디자인** 김지혜

ISBN 979-11-5723-298-7 (43840)

Moon at Nine by Deborah Ellis
ISBN-13 : 978-1-927485-59-0
Text copyright ⓒ 2014 Deborah Ellis
This edition copyright ⓒ 2014 Pajama Press Inc.
All rights reserved.
Korean translation copyright ⓒ 2016 by TheBookinMyLife
Korean translation rights arranged with Pajama Press Inc. through Catherine Mitchell Rights Agent

이 도서의 국립중앙도서관 출판시도서목록(CIP)은 e-CIP홈페이지(http://www.nl.go.kr/ecip)와
국가자료공동목록시스템(http://www.nl.go.kr/kolisnet)에서 이용하실 수 있습니다(CIP제어번호: CIP2016030783).

내인생의책에서는 참신한 발상, 따뜻한 시선을 가진 원고를 기다리고 있습니다. 원고는 내인생의책
전자우편이나 홈카페를 이용해 보내 주세요. 여러분의 소중한 경험과 지식을 나누세요.

전자우편 bookinmylife@naver.com | **홈카페** http://cafe.naver.com/thebookinmylife

Moon at nine

아홉시에 뜨는 달

데보라 엘리스 지음 ─ 김미선 옮김

내인생의책

사랑하다가 목숨을 잃은 사람들에게,
박해에 맞서 춤추고 기뻐하며 여전히 사랑하는 사람들에게.

나는 내 비밀을 지키는 자요, 나의 시간을 아는 자라.

하피즈

일러두기
표지에 나온 팬지와 본문의 보라색은 동성애를 상징합니다.

제 1 부

이 소설은 사실을 바탕으로 한 이야기입니다.

사막의 악마 사냥꾼

아득히 먼 옛날에 살던 악마들이 고대의 땅 위에서 이리저리 떠돈다.

악마들은 골짜기에 살며 산속에 몸을 숨긴다. 그들은 모래 더미 속에 숨어 있다가 전갈 옆에서 잠을 잔다.

악마들은 인간이 별 볼일 없는 일 때문에 왔다 갔다 하는 모습을 지켜본다. 이를테면 시장에서 장을 본다든지, 신도를 부르는 소리에 귀 기울이는 일, 아이들을 돌보는 일 등. 인간은 바쁘다. 악마는 눈에 띄지 않는다.

악마들은 자기 나름대로 놀이를 하면서 인간에게 고통을 안긴다. 기차 사고를 일으키거나, 아이를 아프게 하거나.

그러면 인간은 자기 자신과 자신이 저지른 잘못을 탓하고, 가슴을 치며 신 앞에서 자신의 나약함을 울부짖는다.

악마들은 그저 웃을 뿐이다.

그리고 수억 년이 흘러간다.

드디어 인간들 중 누군가 각성하여 눈을 뜨고, 맞서 싸우기로 다짐한다.

"악마에 대해 글을 쓰고 있었구나."

코브라 교장 선생님의 목소리는 딱딱하고 건조했다.

파린은 교장 선생님의 책상 위에 있던 공책에서 시선을 올려 선생님의 얼굴을 바라보았다. 자기가 얼마나 골치 아픈 일에 휘말린 건지 알아내려고 부지런히 머리를 굴렸다.

"파린은 화학 공부를 하기로 했었어요."

교무실에서 제삼자가 끼어들었다. 학급 반장인 파골은 학교에서 제일가는 권력을 지닌 사람 중 하나였다. 가장 비열하기도 하고.

"숙제 다 했어요."

파린이 말했다.

"숙제 다 하고 하는 거예요."

"그러니까 너는 화학에 대해 뭐든 다 안다 말이지?"

교장 선생님이 말했다.

"우리 학교에 이렇게 명석한 학생이 다 있다니. 사염화탄소의 화학식이 뭐지?"

파린은 정답을 알고 있었으므로 즉각 대답했다. 하지만 곧바로 다른 질문이 날아왔고 대답을 하는 족족 다른 질문이 연달아 들어왔다.

결국 파린이 대답을 못 하고 더듬거리자, 파골이 대신 정답을 말했다. 파린은 능글맞게 웃고 있는 반장의 얼굴을 한 방 먹이고 싶었다.

"구부정하게 있지 마!"

갑자기 명령이 떨어지자 파린은 소스라치게 놀랐다. 그 바람에 곧바로 대응하지 못했다.

"똑바로 서라고!"

파린은 이미 사람이 할 수 있는 최대치로 서 있었지만, 머리를 올리고 몸도 조금 고쳐 서서 복종하고 있다는 표시를 하려 했다. 이제, 시선은 교장 선생님의 얼굴 대신 아야톨라 호메이니의 눈에 똑바로 꽂혔다. 이란의 지도자가 그려진 커다란 초상화는 학교의 모든 교실에서 그러하듯 교장 선생님 책상 위 벽에도 걸려 있었다.

교장 선생님은 슬슬 본론에 들어갔다.

"너는 우리가 혁명을 일으키고 샤페르시아어로 '군주' '제왕'이라는 뜻으로, 일찍부터 사용되어 왔으니 이란 사파비 왕조 이후 왕이나 군주에 대한 존칭으로 굳어졌다-옮긴이를 내쫓았으니 그렇게 대강 서 있어도 된다고 생각하는 거냐?"

"아닙니다, 교장 선생님."

"너무나도 많은 이란인이 어젯밤 폭격으로 목숨을 잃었다. 오늘 밤에도 그러할 것이고. 그런데 넌 거기에 단정치 못하게 서 있어. 가당찮은 일이다."

"죄송합니다. 교장 선생님."

"너는 네가 네 선생님보다 많이 안다고 생각하겠지."

교장 선생님이 말을 이었다.

"네 화학 선생님은 과학으로 석사 학위를 받았어. 그래도 넌 선생님보다 더 많이 알지? 너는 네 학급 반장보다 많이 안다고 생각하겠지? 파골의 가족은 아들 셋을 모두 이라크 전쟁에 보냈다. 파골은 너의 학년을 통틀어 가장 높은 성적을 받았어. 반면에 너는 15등보다도 더 아래에 있지. 그런데도 넌 선생님보다 더 많이 알아?"

그냥 장난삼아 퍼뜨린 소문 같지만, 교장 선생님은 업무 시간 외에 에빈 교도소에서 심문관으로 일한다는 말이 있다.

"아닙니다, 코브라 교장 선생님."

교장 선생님은 파린의 공책을 집어 손에 들어 올렸다.

"너는 악마에 대한 글을 쓰고 있었어."

교장 선생님이 다시 말했다.

"사막에 사는 악마."

교장 선생님은 공책을 휙 넘기더니 공책에 쓰인 구문이며 그림을 자세히 살펴보려고 멈칫했다.

파린은 숨소리를 죽였다. 공책에는 교장 선생님을 그린 그림이 있었다.

"이 악마들은 이란에 있는 것이냐?"

"네, 교장 선생님."

"너는 고정관념을 갖지 않으려고 노력하겠지?"

선생님이 말했다.

"이란에서 사막은 겨우 30퍼센트에 지나지 않는다. 산도 있고 습지와 호수, 비옥한 땅에 도시도 있지."

"그렇습니다, 교장 선생님. 저도 그걸 다 제 이야기에 담으려 했어요. 저는 샤나메 이란 민족의 홍망성쇠를 쓴 대서사시─옮긴이 에서 이야기를 따왔어요. 용과 결투를 벌이는 영웅이죠."

물론 그 말은 거짓말이었다. 이야기는 칙칙한 비디오테이프로 보았던 옛날 미국 텔레비전 쇼인 〈콜책 : 나이트스토커 1970년대에 미국에서 방영된 텔레비전 스릴러물─옮긴이 에서 따온 것으로, 아빠가 아는 어떤 아저씨가 몰래 가져다 준 것이었다. 늘 서류 가방을 들고 다니는 서류 가방 아저씨.

"제2의 페르다우시 이란의 시인, 이란 민족의 우수성을 노래한 서사시 『샤나메』가 대표작이다─옮긴이 가 되고 싶다고?"

교장 선생님이 이란의 오래된 이야기꾼 중 한 명의 이름을 추앙하며 말했다.

"퍽 기특한 목표로구먼."

"감사합니다, 교장 선생님."

파린은 파골을 힐끗 보았다. 파골은 예상치 못한 칭찬 한마디에 심기가 불편한 모양이었다.

"악마는 누구를 빗대었느냐?"

파린은 파골의 얼굴이 다시 이죽거리는 모습을 보았다. 또한 어떻게 대답해야 할지 갈피를 잡을 수 없는 질문을 받았다는 것을 깨달았다. 잘못 대답하면 위험에 빠질 수도 있다. 이란에서는 언제나 대답을 미리 준비해 놓고 있어야 한다. 대답이 사실이면 가장 좋다. 최소한 대답은 믿을 만하고 정치에 위배되지 않아야 한다.

누가 악마지? 파린의 마음속에서 악마는 그냥 악마였다. 그다지 특별할 것이 없는 지하 세계와 사후의 평범한 생명체. 정령과 악귀, 모습을 자유자재로 바꾸고 피를 빨아먹는 아첨꾼. 파린은 그저 〈나이트 스토커〉에 중동에서 온 악마가 나왔기 때문에 이야기를 쓴 것이지만, 쇼에서 묘사된 모습은 모조리 잘못된 것이었다. 하지만 대답을 그대로 하면 안 될 것 같았다.

"누굴 빗댄 것이냐고요?"

파린은 생각할 시간을 벌기 위해 질문을 따라했다.

"별로 어려운 질문이 아닐 텐데."

교장 선생님이 말을 받았다.

"너같이 똑똑한 아이에게는 말이야. 너는 열다섯 살이지, 다섯 살짜리가 아니다. 그럼 당연히 요정이나 도깨비들이 실제로 존재하지 않는다는 것도 알아. 문학 시간에 풍자에 대해 배웠다는 것도 알고 있지. 그러니 다시 묻겠다. 이번엔 바로 대답해 주길 바라. 그렇지 않으면 네가 뭔가 숨기고 있다는 의문을 품을 수밖에 없으니까. 누구를 악마에 빗댄 것이냐?"

파린의 부모님은 언제나 조용히 입 다물고 질문의 여지가 없는 행동만 하라고 경고했다.

"사람들이 우리를 눈여겨보고 있어."

엄마가 말했다.

"우리는 샤가 다시 권력을 되찾을 수 있도록 도울 거야. 그보다 더 중요한 일은 없어. 그러니까 똑바로 처신해라. 단 한 번의 실수로 혹독한 대가를 치를 수 있어."

파린의 머릿속에서 뭔가 번쩍하고 스쳐 지나갔다. 파린은 씩 웃으며 대답했다.

"악마는 혁명을 반대하는 세력을 뜻합니다, 코브라 교장 선생님!"

교장 선생님은 서 있다가 책상에서 돌아 나와 파린 바로 몇 발자국 앞에 섰다.

"네 행동을 보고할 수밖에 없었던 학급 반장에게 사과해라."

파린은 파골에게 몸을 돌리고는 최대한 성의 있는 목소리로 말했다.

"미안해."

"그리고?"

교장 선생님이 물었다.

"그리고…… 내가 더 나은 학생이 되도록 도와줘서 고마워."

파린은 교장 선생님이 기대한 바를 알고 있었다. 저 야비한 반장하고는 나중에 따로 이야기할 것이다.

"이거 되돌려 받고 싶겠지."

교장 선생님은 공책을 들고 말했다.

"여기는 능력이 출중한 여학생만 다닐 수 있는 학교라고 다시 한 번 알려 주어야 하니? 너는 이 학교에 다닐 수도 있지만, 반대로 쫓겨날 수도 있어. 수업 시간에 악마 이야기를 쓰는 것은 네 화학 선생님에 대한 모욕이다. 네 공부에 좀 더 집중하지 않으면, 네 자리를 꿰찰 다른 사람을 찾아보겠다."

교장 선생님은 파린에게 공책을 건넸지만 여전히 꽉 잡은 손을 놓지 않았다.

"너는 똑똑한 아이야, 파린."

교장 선생님은 조용히 말을 덧붙였다.

"의지도 강하고 똘똘하지. 좋은 자질을 지녔어. 이란에 사는 모든 여성이 지녀야 할 덕목이기도 하지. 단지 자신감만 충분한 채 아무것도 이루지 못하고 끝내지 않도록 조심하여라."

교장 선생님은 공책에서 손을 뗀 뒤 가라는 뜻으로 고개를 끄덕였다.

파린은 될 수 있는 한 재빨리 빠져 나왔다. 품위를 최소한이라도 지켜야 한다는 염려는 하지 않았다. 그저 빨리 도망가고 싶을 뿐이었다.

2장

파린은 사물함으로 가는 내내 어떻게 복수할까 머리를 굴렸다.

파린은 모든 사람의 일거수일투족에 참견하는 고자질쟁이 반장에게 진절머리가 났다. 파골과 파골이 심어 놓은 스파이만 없으면 참 좋을 텐데. 그러면 혁명 수업 시간에 올바르게 대답할 수 있을 것이다. 선생님들은 대부분 학과 수업에 열성적이었고 학생들의 배움에 진심으로 신경을 많이 썼다. 또한 파린에게는 친구가 없었지만, 아이들 대부분이 괜찮다는 것을 인정하지 않을 수 없었다. 비록 엄마는 학생들이 잘못된 사회 계층에 속해 있다며 뭐라 했지만 말이다. 친구가 한두 명 있었더라면 학교생활이 더욱 재미있을지도 모른다.

"친구를 사귀고 싶으면, 엄마가 찾아 주마."

엄마의 흔한 레퍼토리 중 하나였다.

"우리는 네가 계급이 낮은 서민들과 어울리는 걸 보고 싶지 않

아. 엄마가 어릴 때만 해도 그 학교는 참 특별한 곳이었는데."

그러고는 엄마는 엄마의 참 좋은 시절에 대해 길고 긴 연설을 늘어놓곤 했다. 엄마가 파린의 학교를 다녔을 적에는 부자들이 자기 딸에게 단순히 졸업장이나 따게 하려고 학교에 보냈지, 교육을 위해 보낸 것은 아니었다. 혁명이 일어난 뒤, 학교는 테헤란의 똑똑한 여학생을 몽땅 불러 모으는 곳으로 탈바꿈했다. 오로지 시험 점수로만 학생을 뽑았고 학비는 무료였다. 이제 모든 계층의 여학생들이 학교에 다닐 수 있었다.

"그건 같은 게 아니지."

파린의 엄마는 불평을 늘어놓았다. 수상식에도 가지 않겠다고 했고 딸이 상을 받는다고 해도 요지부동이었다.

"네가 저런 더러운 떼거리의 일원이라니, 대체 이 나라가 어쩌다가……."

엄마는 또 이렇게 곧잘 말했다.

"말썽 일으키지 않도록 노력하렴. 잘난 척하고 주목받는다고 해서 얻는 건 없으니까. 그러기엔 위험 부담이 너무 커."

정말이지 숨이 차오를 정도로 힘든 외줄 타기였다. 파린은 학교에서 쫓겨나지 않을 정도로만 공부해야 했다. 만에 하나 다른 학교로 갔다간 상황이 더욱 악화될 게 뻔하기 때문이다. 그렇다고 해서 주목을 받을 정도로 뛰어나서도 안 되었다. 파린은 종종 '노력 요함'이라는 성적표를 들고 집으로 가야 했다.

파린은 그다지 신경 쓰지 않았다. 자신의 삶은 거짓말로 점철되어 있으니까.

이란의 왕이 엄마 말마따나 '더러운 떼거리'에게 전복당하고 말았을 때 파린은 다섯 살이었다. 모든 것이 변했다. 여성은 머리를 가려야 했다. 머리카락이 한 올이라도 보이는 날에는 혁명군이 길 한복판에서 괴롭힐 게 뻔했다. 혁명군 중에는 여자도 있었는데 도시 곳곳을 돌아다니며 새로운 규칙을 따르지 않는 여자가 있는지 감시했다.

"할 일이 그렇게도 없나."

여성 혁명군이 파린과 엄마를 세우고 복장 위반을 했다고 소리를 지를 때마다 엄마는 코웃음을 쳤다.

"이 나라에서 고쳐야 할 일이 겨우 머리카락이라니."

엄마는 기어드는 목소리로 중얼거렸다. 파린의 학교에서처럼, 길거리에는 스파이가 넘쳐났다. 파린은 두 얼굴로 자랐다. 세상 밖으로 나갈 때의 얼굴과 개인적인 삶을 살 때의 얼굴.

파린이 공책에 쓴 이야기는 이 모두에서 탈피하고자 하는 시도였다. 이야기는 정치와도, 샤와도, 혁명, 종교와도 아무런 연관이 없었다. 그저 악마와 싸워 이긴 여자아이를 그린 흥미진진한 이야기였다.

파린은 복도를 쿵쿵 지나가며 벽에 걸린 거대한 혁명 구호를 싹 지나쳤다. 자신보다 어린 여학생들이 흰 차도르 툭부 인도, 이란 등지의 이슬람교도 여학생들이 외출할 때 얼굴을 가리기 위해 머리에서 어깨로 뒤집어쓰는 네모진 천–옮긴이를 입고 자신을 피해 종종걸음을 치는 모습도 거의 알아차리지 못했다. 파린은 공책을 꽉 움켜쥐었다. 너무 세게 쥐어서 공책을 묶어 놓은 철사 자국이 손바닥에 남을 정도였다.

이야기는 정말 재미있을 텐데. 너무 재미있어서 책으로 만들 수도 있을 텐데. 책이 인기가 많아지면 텔레비전 쇼로도 만들테고, 전 세계에서 그 쇼를 보게 될 거야. 그러면 모두들 이란에 강하고 똑똑하고 창의성 넘치는 여자아이가 있다는 걸 알게 될 텐데⋯⋯ 그러면 그 소녀는 영국이나 미국에서 다른 텔레비전 쇼를 만들어 달라고 초청받을지도 몰라.

하지만 모든 게 엉망이 되어 버렸다. 저 왕짜증 파골 때문에.

파골은 대가를 치르게 될 거야.

파린은 탈의실로 몸을 돌렸다. 못에 까만 차도르가 일렬로 걸려 있었다.

교복은 검정 튜닉허리 밑까지 내려와 띠를 두르게 된 여성용 낙낙한 블라우스 또는 코트–옮긴이에 상급생은 회색 차도르, 그보다 어린 학생은 흰색 차도르를 쓰도록 되어 있었다. 여학생들은 외출할 때 길고 어두운 회색으로 된 차도르를 걸쳤다. 그중 한 무리는 가장 보수적인 집안에서 온 아이들로, 모두가 옷 위에 펑퍼짐한 검정 차도르를 입었다.

엄마는 차도르를 입은 파린이 못마땅했다. 엄마가 보기에 차도르는 혁명의 상징이었고, 샤에 대한 반역이었다.

파린은 못 아래에 있는 긴 의자에 풀썩 앉았다. 학생들은 각자에 할당된 못과 의자가 있어서 신발을 갈아 신거나 운동 도구를 걸어 두는 용도로 이용했다.

그 모든 수고가! 그 모든 꿈이! 파린은 자신이 어리석었다는 생각이 들었다. 아직도 요정이나 믿는 어린아이 같다니.

파린은 공책을 뚫어져라 바라보았다.

'쓰레기. 내 악마 이야기가 몽땅 쓰레기에 지나지 않는다고.'

파린의 눈이 분필 한 촉에 꽂혔다. 분필은 숲속에서 자란 작은 버섯처럼 뽀얀 먼지 속에 놓여 있었다. 범상치 않은 쓰레기였다. 선생님들은 학교 비품이 없어지지 않도록 빈틈없이 사수했다. 비품이 충분한 적이 단 한 번도 없었기 때문이다. 주인 없이 떨어져 있는 분필 한 조각? 들어 본 적도 없다.

파린은 주위를 둘러보았다. 다른 학생들은 모두 방과 후 의무 수업에 가 있었다. 탈의실에는 파린 혼자였다. 파린은 잽싸게 몸을 숙이고 분필을 집었다. 검은 차도르는 칠판처럼 완벽하게 빈 공간이었다.

파린은 시종일관 벌벌 떨면서 (지금 하는 일이 명백하게 규정 위반이므로) 파골의 차도르를 찾아 작업하기 좋도록 평평하게 펼쳤다. 그러고는 첫 번째 분필 표시를 했다. 하얀 분필은 검은 차도르 위로 완벽하게 대비되어 보였다.

그러다 파린은 망설였다. 뭘 쓰지? 파린은 파골이 체포되는 모습을 보고 싶지 않았다. 그저 혁명군에서 온 여자에게 혼나는 정도면 충분했다.

머릿속에 이런 저런 상황을 그리고 있자니 영 안 될 것 같았다. 누군가 탈의실로 들어와 자신을 볼까 두려워, 파린은 재빨리 커다란 원을 그리고 그 안에 점을 두 개 찍어 눈을 만들고는 커다란 반달 모양을 그려 입 모양새를 냈다. 그러고는 분필을 주머니에 넣고 자기 옷걸이 아래에 앉았다. 파린이 사물함을 여는데 마침 후배 한 무리가 재잘대며 탈의실 문을 열고 우르르 들어왔다.

파린은 벽에 기댔다. 후배들은 언제나 행복한 표정을 지었다. 쟤네들은 걱정거리가 있기나 할까? 파린도 어릴 때 저 아이들과 같았을까? 저들 중에 파린처럼 부모의 비밀을 간직하고 있는 아이가 있을까? 파린은 후배들이 서로에게 맘 편히 대하는 모습을 보고 새삼 감탄했다. 수다 떨고, 농담하고, 낄낄대다가 서로 밀치기도 하고. 꼭 생쥐들 같았다.

'부담 따윈 없군. 어떤 마음의 짐도 질 수 없을 거야.'

문이 열리며 후배들이 더 들어왔다. 수다로 왁자지껄한 가운데 다른 소리가 들렸다. 학교에서 한 번도 들어 본 적이 없는 소리였다. 너무나 예상 밖이라 무슨 소리인지 알아내는 데 머리를 싸매야 했다.

하지만 이내 무슨 소리인지 알았다.

음악이었다.

음악 자체는 이란에서 불법이 아니었다. 혁명에 관한 음악이라면 도리어 장려되었다. 하지만 파린이 기억하는 한 그 외의 음악은 공식적으로 금지되었다.

소리는 문이 닫히며 사라졌다가 후배 몇몇이 집에 가려고 가방을 집어 탈의실을 나서자 다시 들렸다.

소리를 듣기 힘들어지자 파린은 짜증이 났다.

"너희들 모두 입 다물어!"

파린이 소리쳤다.

후배들은 깜짝 놀라 조용히 했다. 잠시 뒤 작은 쥐들 중 하나가 지껄였다.

"파린 선배잖아. 저 선배는 아무도 신경 안 써."

파린에게 그 후배가 덧붙였다.

"언니는 반장도 아니잖아요. 우리가 말을 들을 이유가 없다고요."

"요 쥐방울만 한 게."

파린이 쏘아붙였다.

"너넨 아무것도 몰라, 그러니까 입 다물어."

후배들이 잠시 조용히 한 사이, 음악이 다시 들렸다.

"음악이잖아."

한 명이 찍찍거렸다. 파린은 후배들의 웃음소리에 떠밀려 탈의실에서 성큼성큼 걸어 나갔다.

파린은 음악 소리를 따라 복도를 내려가다가 모퉁이를 돌았다. 물품 보관실 문이 살짝 열려 있었다. 음악은 그 안에서 나오고 있었다.

파린은 누가 이런 용감한 짓을 하나 보려고 문을 열다가 멈췄다. 아직은 방해하고 싶지 않았다. 음악 소리를 조금 더 듣고 싶었다.

소리는 산티르를 연주하는 선율이었다. 산티르는 현이 많이 있는 이란 악기이다. 고전 음악이었다. 파린은 부모님이 종종 비밀리에 레코드로 들었던 기억이 났다. 부모님이 하는 금지 행동 중 하나다. 선율은 너무나 아름답고 완벽 그 자체였다. 파린은 혹시 레코드에서 나는 소리가 아닐까 궁금해졌다. 파린은 음악의 정체를 알아내야 했다. 안이 충분히 보일 만큼 문을 열었다.

어떤 학생이 연주를 하고 있었다. 머리를 덮은 색깔로 보아 상급생이었다. 파린은 누군지 알 수 없었다. 천장에 매달린 전구 불빛 때문에 학생의 얼굴에 전구 그림자가 드리워졌다. 누군가 자신을 보고 있다는 걸 눈치챈 건지 아닌지, 별다른 내색이 없었다. 음악 소리는 매끄럽게 흘러갔다.

파린은 음악 소리에 꽂혀 소녀를 쳐다보면서 소리를 들었다. 학교도, 파골도, 모든 것이 사라지고 순수한 달빛 한 줄기처럼 음악 소리만이 파린의 마음속에 들어왔다.

파린은 눈을 감고 음악을 마음껏 받아들였다.

그러다 음악이 끝나고 다시 현실로 돌아왔다.

"뭐 찾고 있니?"

파린은 눈을 떴다. 음악을 연주하던 학생이 고개를 들었다.

초록빛으로 빛나는 눈이 자신의 눈에 들어오자 파린은 마치 전기 충격이라도 받은 느낌이었다.

잠시, 파린은 숨 쉬는 법도 잊어 버렸다.

"어, 내가 필요한 게, 아니…… 그러니까…… 그거 연주 못 하잖아."

"아직 잘 연주하지는 못하지."

그 아이가 말했다.

"아니, 아니, 잘했는데…… 할 수 없다고, 그러니까, 금지되어 있다고. 곤란한 일이 생길 수도 있어."

"정말로 금지되어 있다면, 교실에 산티르를 보관하고 있으면 안되지."

그 아이가 말했다.

"내가 보기에 음악에 반하는 규칙은 규칙이라기보다는 권장 사항 같은데. 어쨌든 나는 그렇게 생각해."

그 아이는 마지막 곡조를 연주하고는 현을 뜯을 때 쓰는 작은 나무 봉을 치웠다. 그러고는 산티르를 천으로 감싸고 선반 위에 올려놓았다.

"어쩌다 보니 여기에 오게 되었어. 교실로 가는 문인 줄 알았거든. 그때 산티르가 눈에 들어온 거야. 도저히 그냥 지나칠 수가 없었어."

"아무에게도 말하지 않을게."

파린이 약속했다.

"고마워."

아이가 환히 웃으며 말했다.

"하지만 나 때문에 비밀을 지켜야 한다는 부담을 지게 되었잖아. 너도 악기를 연주하니?"

"산티르 말이니?"

파린이 물었다. 사실 그 아이의 질문에 답할 적절한 대답이 없었다. 피아노를 친다고 말하면 (이 아이가 산티르를 연주하는 것만큼 잘 치는 것도 아니지만) 파린도 금지 항목을 한다고 인정하는 셈이 된다. 파린은 이 소녀가 야비한지 아닌지 알 수 없었다. 파린은 대답하지 않기로 했다. 대신 이렇게 말했다.

"창고를 교실이라고 했지?"

"나 오늘 전학 왔거든."

아이가 대답했다.

"내 이름은 사디라야."

사디라. 파린은 가만가만 이름을 되뇌었다.

'아름다운 이름이군.'

그 애는 재미있다는 듯 파린을 바라보았다. 마치 무엇인가를 기다린다는듯. 파린은 그 애가 뭘 기다리고 있는지 가늠할 수 없었다.

누군가 빽 하고 지르는 소리가 그 둘을 밀고 들어왔다.

"무슨 소리지?"

사디라가 문을 더 열고 파린 옆에 섰다. 언뜻 재스민 향기가 났다.

"파골이야. 학급 반장 중 한 명인데, 후배들에게 소리 지르고 있어."

파린이 말했다. 파골이 자기 차도르에 그려진 분필 그림을 본 게 분명하다.

"옳지 않은걸."

사디라는 창고 문에서 있던 파린을 뒤에 둔 채 교실로 나섰다. 파린도 사디라를 따라 종종걸음을 쳤다. 이 아이가 골치 아픈 일에 휘말릴까 걱정이 앞섰다.

"파골은 만날 소리만 질러. 그게 걔가 주로 하는 일이야."

파린이 말했다.

사디라는 아무 대답도 하지 않았다. 사디라는 한달음에 탈의실로 갔고 파린이 바로 뒤를 따랐다.

파골은 분필로 그려진 차도르를 든 채 울고 있던 몇몇 후배들에게 고함을 치고 있었다.

"다 불지 않으면 너희들을 모조리 교장실로 보낼 줄 알아."

파골이 퍼부어 댔다.

"너네는 날 바보로 만들 수 있다고 생각하지? 누가 이랬어?"

"아, 그거 네 차도르였니?"

사디라가 차분히 걸어오며 물었다.

"아무래도 내가 실수한 것 같아. 나는 내 차도르에 그렸다고 생각했거든."

"넌 누구야?"

파골이 물었다.

"용서해 줘."

사디라는 파골의 손에 들린 차도르를 가져가며 말했다.

"이거 지워 줄게. 그리 오래 걸리진 않을 거야."

사디라는 차도르를 싱크대로 가져가더니 물에 적신 천을 문질러 분필을 지웠다.

"넌 이게 끝일 거라고 생각하지?"

파골이 으르렁댔다.

"넌 여기서 원하는 대로 할 수 없어. 나는 반장이라고!"

"내 이름은 사디라야."

사디라가 깨끗이 지워진 차도르를 파골에게 돌려주며 말했다.

파골이 얼굴을 잔뜩 찌푸렸다.

"나랑 같이 교장실에 가 줘야겠어."

"코브라 교장 선생님? 오늘 아침에도 뵈었는걸. 퍽 친절해 뵈시던데."

"네가 한 짓을 알면 태도가 바뀌실걸."

"내가 뭘 했는데?"

"내 차도르에 낙서했잖아."

"내가?"

사디라는 파린에게 살짝 윙크하며 물었다.

"나는 낙서 못 봤는데."

파린이 말했다.

"넌 입 닥쳐!"

파골이 말했다.

"우리도 낙서 본 적 없어요!"

후배들도 입을 모아 말했다.

파골은 자신이 무슨 짓을 했는지 알아챘다.

"너 쟤 친구야?"

파골은 머리를 파린 쪽으로 까닥하며 사디라에게 물었다.

사디라가 빙그레 웃었다.

"친구를 너무 많이 사귈 순 없어서."

사디라는 나긋나긋 말했다.

"그럼 네가 친구를 선택한 것이겠네."

파골이 말했다.

"내 영역에 온 걸 환영한다."

"나도 여기 오게 되어 기뻐."

"오래가지 않을걸."

파골은 후배 몇몇에게 소리를 지르며 탈의실을 쿵쿵 빠져나갔다.

사디라와 파린은 함께 학교 건물을 나섰다.

"내가 볼 때 저런 우정은 별로일 것 같애. 여기서 친구를 사귀는 일이 진심으로 걱정되네. 교장 선생님이 파골과 친해 두라고 하셨거든."

"파골은 교장 선생님의 귀염둥이 중 하나지."

파린이 말했다.

"교장 선생님이 말하길 파골은 미래의 세계 지도자래."

"그건 좀 무서운 생각인걸. 나는 미래의 지도자가 지금보다 더 나은 사람이 되어야 한다고 생각해. 때론 이 세상이 악마의 지배를 받는 것 같아."

사디라가 말했다.

파린이 가던 길을 멈추었다.

"뭐라고 했어?"

사디라가 웃으며 파린의 팔을 잡고는 자신이 가던 쪽으로 이끌었다. 파린이 집에 가던 다른 학생들의 길을 막고 있던 참이었다.

"이 세상이 진짜 악마의 지배를 받고 있다고 말한 건 아니야."

사디라가 말했다.

"레이건 대통령 미국의 제40대 대통령의 사진을 보면 정말 엄청난 악마란 저렇게 생겼을지도 모른다는 생각이 들긴 하지만 말이야! 파골도 마찬가지로 좀 구닥다리로 보여. 자기보다 어린 사람에게 소리를 질러서 자신을 크게 보이게 하다니."

사디라는 학교 마당에 있는 의자에 앉았다. 파린은 사디라가 앉으라고 권할 때까지 기다려야 하는지 헷갈렸다. 파린은 누군가와 마음 편히 지낸 적이 없었다. 그러다 마냥 서 있기가 어색해지자 그냥 사디라 옆에 앉았다.

사디라는 평소같이 아무렇지 않은 듯 보였다.

'이렇게 하는 거였군.'

"뭐 하나 물어봐도 될까?"

사디라가 물었다.

"이런 질문 좀 웃길지도 모르겠는데, 왜냐하면 내가 틀렸을 게 분명하니까, 그래도 확실히 알기 전까진 계속 생각날 것 같아서."

'내가 누군지 알아냈구나.'

파린은 생각했다. 별안간 간담이 서늘해졌다.

'우리 엄마가 샤를 좋아한다는걸, 아무도 날 좋아하지 않는다는 걸 알게 된 거야.'

"말해 봐."

파린은 의기소침해져 말했다.

"교장 선생님은 항상 총을 소지하고 다니시니?"

파린은 크게 웃었다.

"선생님이 권총을 보여 주셨어? 그거 그냥 잘못을 저지른 아이에게 보여 주기 식으로만 쓰는 거야. 후배들이 교장실로 불려 들어갈 때 우는 거 들었지! 근데 한 번도 쏜 적은 없어. 맞은 학생은 한

명도 없다고. 아무튼."

"교장 선생님이 내 앞에서 총을 흔들어 보이진 않았어. 허리에 찬 권총집을 봤지. 근데 확실하지가 않아서."

"교장 선생님은 엄하시지."

파린이 말했다.

"진짜 엄하셔. 그냥 소리만 질러 대는 파골하고는 달라. 쿰에 있는 여학교에서 석·박사 학위도 받으셨고, 혁명 직후 학생들이 미국 대사관을 점령했을 때 함께 있었지. 나는 교장 선생님과 가능한 한 멀리하고 있어."

사디라는 주머니에서 캐러멜을 두 개 꺼내더니 하나를 파린에게 건네주었다.

"난 여기가 좋아질 것 같은 예감이 들어."

"전에 다니던 학교는 어땠는데?"

"나는 한동안 학교에 못 다녔어. 아빠를 돌봐 드리느라고. 몇 년 전 폭격으로 모두 세상을 떠났거든. 엄마도, 오빠들도, 우리와 함께 살던 할아버지, 할머니도 모두 죽었어."

사디라는 마치 아무렇지도 않은 듯 얘기했다. 파린은 믿지 못하겠다는 얼굴로 바라보았다.

"나는 이 문제에 대해 마치 뇌가 두 개 있는 것처럼 생각할 수밖에 없어."

사디라가 말했다.

"나는 이 일이 내가 아닌 다른 사람에게 일어난 것처럼 생각하지. 그러면 별로 실감이 안 나. 네가 보기에 그게 나쁜 것 같니?"

파린은 자신이 중요한 질문을 받았다는 걸 알았다. 전에는 아무도 이렇게 중요한 질문을 한 적이 없었다.

"내 생각엔 네 곁을 떠난 사람들은 네가 잘살기를 바랄 것 같애."

파린이 말했다.

사디라가 고개를 끄덕였다.

"나도 그렇게 생각해. 아무튼, 아빠가 오랫동안 아팠어. 스스로 건사하지 못할 정도로 슬퍼하셨지. 나는 집에서 살림을 돌보면서 혼자 공부했어. 이제는 많이 나아지셔서, 이 학교에 시험을 치고 들어온 거야."

둘은 캐러멜을 맛있게 먹으며 학생들이 줄줄이 학교 마당을 가로질러 가는 모습을 바라보았다.

'나도 나에 대해 뭔가 말해야 하나? 뭔가 의미 있는 말을 해야 할 텐데. 사디라는 자신에 대해 중요한 점을 말해 줬잖아. 뭐라고 말하지? 우리 엄마가 샤를 좋아한다고? 내가 악마에 대한 이야기를 썼다고?'

파린은 머리를 굴리고 또 굴렸다. 그러다 관두고 그냥 생각나는 대로 내뱉으려고 했다.

그때 사디라가 입을 열었다.

"아, 여기 내가 탈 버스 온다!"

사디라는 의자에서 뛰어내려 정류장으로 서둘러 갔다.

"나는 남쪽으로 가."

사디라가 파린에게 고개를 돌리고 말했다.

"너는?"

"북쪽."

"그래서, 내게 말할 거야? 아니면 대단한 비밀이야?"

"너에게 뭘 말해?"

사디라가 웃으며 돌아서기 전 몇 발자국을 더 가며 말했다.

"네 이름, 바보야!"

"파린."

"파린."

사디라가 따라 불렀다.

"내일 보자, 파린."

파린은 사디라가 버스를 잡으러 뛰어가는 검은 차도르 차림을 한 여학생들 사이로 사라지는 모습을 바라보았다.

"훌륭한 악마 사냥꾼을 만들겠는걸."

파린이 혼자 중얼거렸다.

3장

파린은 버스를 타고 집에 가지 않았다. 아빠가 언제나 차를 보냈으니까.

"아무튼 내가 운전수 월급을 주니까 말이다."

아빠는 이렇게 말하곤 했다.

"만날 이렇게 차만 타고 다니면, 도시에 뭐가 있는지 어떻게 알아요? 아빤 절 너무 어린애 취급해요."

"네 안전을 걱정하는 거야."

엄마는 딱 잘라 말했다.

'세 가지 거짓말.'

파린은 운전수가 항상 주차해 놓는 길로 가려고 마당을 가로지르며 생각했다.

첫 번째 거짓말은 아빠가 운전수에게 월급을 준다는 말이다. 아마드라는 이름을 가진, 마르고 푹 팬 눈에 중년 정도 되는 남자.

아마드는 아프가니스탄에서 왔는데, 이란에 정착한 수백만 피란민 중 하나이고 아빠가 고용한 많은 일꾼 중 한 명이다. 아마드는 음식과 대문 옆 작은방에 있는 딱딱한 잠자리를 위해 일한다. 아빠는 공짜나 다름없는 아프가니스탄의 노동력을 밑천 삼아 자신의 건설 왕국을 만들었다. 일꾼들은 건설 현장 바로 밖에서 잠을 잤는데, 덕분에 경비에 들어가는 돈을 아낄 수 있었다. 일꾼들은 딱딱한 시멘트 바닥이나 먼지가 날리는 누더기 더미에 누웠다. 일꾼들이 월급 인상이라도 요구할라치면, 아빠는 그대로 추방해 버렸다.

파린은 언젠가 아빠가 정말 그렇게 한 걸 본 적이 있다. 집에서 일하는 정원사가 아프가니스탄에 있는 가족들에게 돈을 보낼 수 있도록 월급을 달라고 요청한 적이 있다. 전쟁에서 빠져나올 수 있도록 돕고 싶었던 것이다. 아빠는 웃는 얼굴로 정원사에게 좀 앉으라고 얘기하고는, 뇌물로 매수한 경찰에게 연락했다. 아빠는 경찰이 정원사를 데리고 갔을 때에도 웃음을 거두지 않았다. 가능한 많은 일꾼에게 동료가 끌려가는 모습을 확실히 보여 주고자 했다.

두 번째 거짓말은 파린이 버스를 타고 집에 가면서 도시 지리를 조금 더 익히고 싶다는 말이다. 진짜 이유는 자신을 지배하는 어른들의 손아귀에서 벗어나고 싶다는 것이었다. 어떤 날은 정말이지 그 생각이 간절했다. 학교에서 곧장 집에 가는 일은 마치 우리 속으로 실려 다니는 것 같았다. 버스를 타고 가면, 모퉁이마다 내려서 가게도 구경하고, 피자도 먹고, 아니면 그냥 앉아서 생각의 나래에 빠질 수도 있을 것이다.

세 번째 거짓말은 엄마가 딸의 안전을 걱정한다는 말이었다.

"엄마는 내 안전보다 내가 어떻게 보일지를 더 걱정하는 거야."

파린은 차에 앉아 있는 아마드를 보며 혼자 중얼거렸다. 특히나 자유의 기운이 물씬 풍기는 날씨 좋은 날에는 더욱 그랬다. 엄마는 파린이 '쓰레기들'과 버스를 타고 가는 모습을 이웃에 사는 여자들이 보고 무슨 말을 할지에만 신경을 썼다.

사디라가 버스에 올라타는 모습을 본 뒤, 파린은 평소보다 더 억울한 감정이 생겼다. 아마드가 기다리지만 않았다면 자신도 버스를 탈 수 있었을 것이다. 버스가 다른 길로 들어선다고 한들 뭐 어떠리? 파린과 사디라는 더 오래 이야기를 나눌 수 있을 것이다. 아마 사디라와 함께 버스에서 내려 사디라의 집에 함께 걸어가 집 구경을 할 수 있을지도 모르지. 무릇 친구들이란 그런 것이다. 몰래 들여온 미국 텔레비전 쇼에 그렇게 나왔다.

파린은 아빠 차를 힐끔 보았다. 언제나 있어야 할 자리에 딱 그대로 있었다. 옆면과 지붕은 하도 잘 닦아 놓아서 번쩍번쩍했고, 크롬으로 도금된 부분은 햇빛을 반사하여 불꽃이 튀는 것 같았다. 아마드는 바쁘지 않으면 차를 닦고 광을 내어 자신이 유능해 보이도록 했다. 자기가 먹을 밥과 딱딱한 잠자리를 위해 그토록 열심히 일하는 것이었다.

아마드는 파린을 보자 차에서 뛰어내렸다. 그러고는 파린이 들어

갈 수 있도록 문을 열었다.

"부자집 딸래미네."

파린이 키득거리는 아이들 사이로 지나가자 그중 한 명이 조롱했다.

이런 말을 들을 때마다 엄마는 미국에서는 누가 부자라고 하면 칭찬의 뜻으로 말하는 것이라고 했다. 이란에서만 부자라는 말을 듣는 것이 모욕이라나! 이란뿐만이 아니라는 걸 파린은 알고 있었다. 쿠바나 다른 나라도 마찬가지라고. 파린은 혁명 수업 시간에 그렇게 배웠다. 하지만 파린은 엄마와 이를 두고 절대 옥신각신하지 않았다. 그렇게 하면 꺅꺅대는 장광설의 블랙홀 속으로 빨려 들어갈 테니까. 파린은 기둥에 기대섰다. 옆에는 여성의 권리를 주장하는 불법 포스터가 찢긴 채 붙어 있었다. 파린은 길 건너 아마드를 바라보았다. 아마드는 하얀 셔츠와 어두운 색 바지를 입고 꼿꼿하게 서 있었다. 엄마가 운전기사의 유니폼과 가장 비슷하다고 해서 고른 옷이다. 아마드는 파린이 차로 곧장 건너오지 않고 가만히 서서 뚫어져라 쳐다보자 당황한 표정을 지었다. 하지만 손을 흔든다거나, 파린을 부르거나 하는 어떤 몸짓도 취하지 않았다. 자신의 성급한 모습을 보여 주기 싫었기 때문이다.

'일에서 쫓겨나는 게 두려운 거지.'

하지만 그건 파린이 상관할 문제가 아니었다. 파린의 문제는 어떻게 하면 엄마의 손아귀에서 벗어나 잠시라도 평화와 자유를 얻을 수 있을까였다.

파린은 길을 건너며 시간을 벌었다.

"파린 양, 서둘러 주십시오. 집에 꼭 모시고 가야 해요."

"서두를 게 뭐 있어요? 집에서는 아무 일도 일어나지 않는걸."

"파린 양을 데려다 주고 전 곧바로 사장님 건설 현장에 가야 해요."

"저도 거기에 데려다 주세요."

파린이 넌지시 말했다.

"저 바로 집에 가지 않아도 돼요."

아마드는 잠시 망설이더니 운전석에 올랐다.

"사모님이 바로 집으로 데려오라고 말씀하셨어요."

"아빠가 보고 싶어서 그래요."

파린이 말했다.

"어서요, 가요. 엄마는 괜찮을 거예요. 모험을 해 보자고요."

"사모님은 아가씨가 모험하는 걸 원하지 않으실 텐데요."

"아빠는 그러실 거예요."

파린이 말했다. 아마드가 출발하지 않자, 파린이 말을 이었다.

"그리고 사람을 고용하고 해고하는 건 아빠예요. 서둘러야 한다고 하지 않았어요?"

아마드는 차에 시동을 걸었다.

둘은 가게와 피자집을 지나 북쪽으로 향했다. 파린이 그토록 탐

험하고 싶었던 장소였다. 둘은 파린의 집으로 이어지는 옆길을 지나 계속 갔다. 집과 아파트를 지나자 곧 아프가니스탄에서 온 난민들이 천막을 짓고 사는 공터로 이어졌다. 같이 이어진 알보르즈 산맥은 당장이라도 무너져 무엇이든지 부숴 버릴 것만 같았다.

그 앞에 산보다는 작지만 그래도 큰 무엇인가가 보였다. 높은 벽에 둘러싸인 에빈 교도소였다. 파린은 언덕을 오르며 교도소를 이루는 여러 건물을 슬쩍 보았다. 하지만 골짜기로 들어가자 그마저도 보이지 않았다.

"우리 교장 선생님은 교도소에서 심문하는 일을 한대요."

파린이 말했다.

"뭐라고 하셨습니까?"

"우리 학교 교장 선생님이요. 비는 시간에, 교도소에 가서 사람들을 심문한다고요. 아마 고문도 할걸요."

룸미러로 아마드의 얼굴이 보였다. 눈이 왕방울만큼 커졌다.

"뭐라고요? 사람들을 고문하는데 교장 일도 할 수 있단 말입니까? 아이들 주변에서? 그게 가능합니까? 부모님도 알고 계세요?"

"농담이에요."

파린이 재빨리 말을 받았다.

"진짜로 하는 게 아니에요. 그냥 교장 선생님이 너무 야비하니까 사람들이 하는 말이에요. 농담이라고요. 아프가니스탄에서는 농담도 안 해요?"

파린이 심술궂게 말을 덧붙였다.

아마드의 눈이 평소대로 돌아갔다.

"교도소로 농담하는 거 아닙니다."

"교도소에 가 봤어요, 아마드?"

"농담거리가 아니에요."

아마드는 그저 이렇게 말할 뿐이었다.

아마드는 고속도로에서 길을 돌려 카스피 해로 이르는 산맥에 들어섰다. 길은 가는 내내 흙먼지와 파진 구덩이뿐이었다.

"세차 다시 해야겠네요."

파린은 먼지가 안개처럼 뭉게뭉게 피어오르는 것을 보며 말했다.

길 양쪽으로는 전쟁이 남긴 상흔이 있었다. 폭격을 맞은 군용 트럭 위에 먼지가 두껍게 쌓여 마치 거대한 바위처럼 보였다.

파린의 엄마는 특권 계층에서 태어났다. 외할아버지는 샤의 군대에서 요직을 맡던 장군이었고, 왕족의 일원하고만 친하게 지냈다. 그러다 혁명의 열기가 달아오르자, 외할아버지는 정세를 알아차리고 외할머니와 함께 외국으로 날아가 버렸다. 하지만 엄마는 두고 떠났다. 엄마가 부모님이 반대하는 사람과 결혼을 했기 때문이다. 그래서 엄마에게 자기 팔자는 알아서 하라며 버리고 가 버린 것이다.

파린의 엄마는 남편에게 자신이 포기한 것을 잊어버리도록 결코 내버려 두지 않았다.

파린의 아빠는 엄마가 부모님과 살던 곳에서 근무하던 군인이었다. 아빠는 이란의 유목 부족 중 한 계통이었는데, 어릴 적 자다가 모닥불 안으로 굴러 빠진 적이 있었다. 그때 입은 화상으로 오른쪽 손가락이 녹아 버려 총을 쏠 수 없었다. 그렇다고 해서 군 복무를 면제받지는 못했다. 아빠는 물품을 배분하는 일을 하는 군수 장교가 되었다. 그때 아빠는 조직에서 살아남는 요령을 익혔다. 군 제대 후 아내의 인맥 덕분에 정부에서 좋은 자리를 얻었지만 혁명 때문에 물러나야 했다.

파린이 어렸을 때, 부모님은 저녁을 먹으며 말다툼을 하곤 했다.

"쓸데없이 모래에만 빠져서는."

파린의 엄마는 아빠더러 꼭 이렇게 말했다.

"당신이 포크 쓰는 법을 알고 있다니 놀랍네요. 난 당신 때문에 내 금을 몽땅 팔아야 했다고요."

엄마는 이런 식으로 자주 불평했다. 파린과 아빠는 엄마의 잔소리를 한 귀로 흘려듣고 밥을 먹는 법을 터득했다.

여자에게 금이란 보물이요, 미래의 험난한 여정에 쓸 수 있는 보호 도구였다. 엄마는 살면서 조금씩 금을 받았고, 결혼할 때 지참금으로 일부를 썼다. 변치 않으면서도 눈에 보이는 부의 상징으로서, 엄마는 금을 걸치고 사람들에게 보여 주며 자신의 가치를 과시할 수 있었다.

"시의 북쪽은 빈 땅이었지."

파린의 아빠는 곧잘 이렇게 말하곤 했다. 아빠는 부를 축적한 새 경험담을 이야기하고 또 이야기하기를 좋아했다.

"땅값이 쌌어. 돌산이었거든. 농사를 짓기에 좋은 땅도 아니었고 예쁜 것이라곤 눈을 비비고 찾아봐도 보이지 않았지. 아무도 그 땅을 원하지 않았어. 나만 빼고. 바로 그거야!"

금은 주인이 바뀌고 땅은 파린 가족의 소유가 되었다. 파린의 아빠는 건축에 대해 아는 것이 아무것도 없었지만, 도서관을 다니며 찾을 수 있는 것은 모조리 공부했다. 건축 자재를 사는 데 금이 더 들어갔다. 아프가니스탄에서 온 난민들의 노동력은 값쌌지만, 상당수가 어느 정도 교육을 받았고 기술도 있었다. 첫 번째 집이 올라갔다. 아름답고 튼튼한 집이었다. 집은 번잡한 시내에서 나와 살고 싶어 하는 부유한 가족에게 팔렸다. 여기서 큰 이익을 남긴 아빠는 땅과 건축 자재를 더 샀고 가족들은 본격적으로 건축 사업에 뛰어들었다.

"사장님이 아가씨를 여기에 데리고 와도 정말 괜찮다고 하실까요?"

아마드가 물었다.

"걱정 마세요. 저를 보면 좋아하실 거예요."

파린은 자신이 믿는 바에 꽤나 확신을 갖고 있었다. 엄마는 파린이 시야에 보일 때마다 조금 언짢아했지만 아빠는 대체로 미소를 지었다. 파린은 차에서 나왔다.

둘은 완전히 새로운 지역으로 탈바꿈할 곳에 서 있었다. 몇몇 집은 반 정도 지어졌고, 다른 집은 시멘트 블록과 강철봉으로 지어진 비계만 있었다. 망치 두드리는 소리가 여기저기에서 울려 퍼졌다. 기중기는 자재를 공중 위로 들어 올렸다.

파린은 마당 건너편에 있는 아빠를 찾았다. 아빠는 다른 일꾼들과 논의를 하는 데 여념이 없었다. 아빠와 일꾼들은 건물 뼈대를 보고 있었고 파린이 자신들에게 다가와도 눈치채지 못하고 있었다.

"안녕, 아빠."

아빠는 파린을 보고 놀랐지만 얼굴에 웃음기를 띠고 있었다. 그러면서도 아마드에게 의문 어린 표정을 보냈다.

"아마드에게 여기에 데려다 달라고 했어요."

파린이 잽싸게 말했다.

"아빠가 보고 싶어서요."

"왜 여기까지 온 거냐? 어차피 오늘 저녁에 볼 텐데."

파린은 머릿속으로 핑곗거리를 이리저리 찾았다. 건물 자재들과 주변에서 일어나는 일도 둘러보았다. 그러다 좋은 생각이 떠올랐다.

"이제 아빠가 하는 일에 대해 배워야 할 때가 온 것 같아서요. 주변 구경 좀 시켜 주시면 안 돼요? 학교 마치고 제가 이 일을 하게 될지도 모르잖아요."

아빠의 미소가 함박웃음으로 번졌다.

"당연히 그럴 수 있지! 오늘은 시간이 별로 없다만, 시작은 할 수 있다. 네가 여기에 관심이 있다니 무척 기쁘구나!"

　20분간, 파린은 기초공사와 축조에 대하여, 또 지붕에 기와를
올리는 데에 드는 비용을 절약하는 법 등에 대해 듣느라 꼼짝하
지 못했다. 처음엔 자신이 내뱉은 말을 두고 자책했지만, 이내 정말
로 흥미가 돋았다. 최소한 뭔가 색다르게 보이기는 했다.

　"네가 좀 더 크면 너를 사업 파트너로 이 사업에 참여시킬지도
모르지."

　아빠가 윙크하며 말했다.

　"엄마에게 이 부분은 말할 필요도 없는 거 알지?"

　파린은 하찮은 비밀이라는 걸 알면서도 알겠다며 고개를 끄덕였
다. 정말로 아무 의미 없는 일이었다. 엄마는 파린이 건축업에 관심
을 갖는다고 해도 별 상관하지 않을 것이다. 파린의 가족은 그냥
비밀로 하는 걸 좋아할 뿐이다.

　파린은 건설 현장이 조용해진 걸 눈치챘다. 망치질이고 톱질이고
모두 멈추었다. 아빠도 동시에 조용해진 분위기를 눈치 챘다.

　현장에 있는 모든 남자가 파린을 바라보았다.

　"저 사람들 왜 저렇게 쳐다본대요?"

　파린이 물었다.

　"내가 여자아이라서?"

　"네가 아이라서 그러는 거다."

　아빠가 말했다.

"가족들이 그리운 게야."

"그럼 저 잘 온 거네요."

"저들을 화나게 하지 않는다면. 나는 저 사람들이 자기 자식을 생각하길 바라지 않는다. 내 건물에 대해 생각하길 바라지."

아빠가 큰 소리로 말했다.

"다시 일해. 건물은 스스로 만들어지지 않는다고!"

파린은 아빠를 현장에 남겨 두고 자동차로 향했다. 파린은 모퉁이를 돌다 가던 길을 멈추었다.

아빠 차의 트렁크가 열려 있었다. 아마드가 음식이 가득 든 상자를 아프가니스탄 일꾼에게 건네고 있었다.

모두들 얼어붙었다.

파린은 마음속으로 요모조모 따져 보았다. 아마드는 월급을 받고 일하지 않으므로, 음식은 집에 있던 저장고에서 가져왔을 것이다. 그리고 엄마가 음식을 가져가도록 허락했을 리는 만무하다.

'또 다른 비밀이군.'

"도와줄까요?"

파린이 물었다.

일꾼들은 아무 말 없이 음식이 들어 있는 상자를 가지고 건물 안으로 사라졌다. 아마드는 다시 빳빳하게 서서 뒷좌석의 문을 열어 주었다. 파린이 안에 오르자 차가 출발했다.

일이 재미있게 돌아갔다. 물론 파린은 아마드의 비밀을 지켜 줄 것이다. 여기에 더해서 집에서 음식을 훔치는 일까지 도와줄 요량이었다. 음식이야 차고 넘치니까. 전쟁 때문에 물자 부족을 겪고 있지만, 돈 많은 부모님은 암시장에서 원하는 것은 뭐든 살 수 있었다.

하지만 이 정보를 어떻게 유용하게 쓴담? 이것으로 무엇인가 좋은 협상거리를 이끌어 낼 수 있을 텐데 말이지.

"비밀 지켜줄게요."

파린이 말했다.

아마드는 아무 대답도 하지 않았다.

차가 속도를 늦추는 동안 파린이 앞에 했던 말을 재차 했다.

"앞에 뭔가 모여 있어요."

아마드가 말했다.

"길을 막고 있어요. 여기서 돌아갈 수 있을지 모르겠네요."

파린이 앞으로 몸을 기울였다. 눈에 보이는 거라곤 많고 많은 남자아이들뿐이었다.

"무슨 일인지 봐야겠어요."

파린이 말했다.

"안 돼요! 절대 그러시면 안 됩니다. 너무 위험해요!"

파린은 이미 문을 열었다.

"금방 돌아올게요."

파린은 사람들 쪽으로 걸어갔다. 심장이 두근거렸다. 이건 또 다른 사건이야. 세상에 홀로 나서는. 음, 아마드가 함께 있긴 하지만,

아마드는 하인일 뿐이다. 그러니까 빼도 된다.

그날은 꽤나 대단한 날이 되어 갔다.

파린은 볼 것도 없이 아마드가 뒤따라오고 있다는 걸 알고 있었다. 상사의 딸을 잃어버린다면 해고는 불 보듯 뻔한 일이니까!

차도르를 쓴 여성 몇몇이 길가 한편에 서 있었다. 파린은 그들 무리로 가 전통적인 방식으로 인사했다. 남자아이들의 구호는 잘 들리지 않았다.

거리는 남자아이들로 빼곡했다. 대부분 파린 또래이거나 조금 더 많았다. 나이가 더 어린 아이들도 많았다. 모두들 머리에 빨간 두건을 두르고 있었다.

"혁명을 위해 죽음을!"

앞에 우두머리가 차에 달린 확성기로 구호를 지휘하고 있었다.

"혁명을 위해 죽음을!"

남자아이들이 외쳤다.

"적에게 죽음을!"

"적에게 죽음을!"

"이라크에 죽음을!"

"미국에 죽음을!"

"낙원의 영웅이 될지니!"

파린은 일부러 듣지 않으려 했다. 그저 민병대인 바시즈가 여는 또 다른 집회에 지나지 않았다. 이는 민병대가 이라크 군대에 맞서 싸울 남자아이를 모병할 때 여는 집회였다. 파린은 저들을 전에도 본 적이 있다. 집회는 그다지 흥미진진하지 않았다. 부모님 보호 없이 집 밖에 있다는 사실이 훨씬 스릴이 있었다.

"집회에서 볼 때마다 매년 아이들 얼굴이 어려 보여요."

같이 있던 여자 중 누군가 한마디 했다.

"뭐라고 했어요?"

다른 여자가 먼저 물었다.

"비판하는 것처럼 들리잖아요. 정부를 비판하는 거예요? 사담 후세인 밑에서 사는 게 낫다고 말하는 거냐고요?"

"그냥 요 몇 년 새 지상낙원을 외치는 목소리가 상당히 높아졌다는 걸 말하는 것뿐이에요. 내 아들도 둘이나 낙원을 되찾으러 나갔다고요. 우리 막내도 지금 한창 집회 중이고요."

"저 남자가 널 따라온 거니?"

다른 여자가 파린에게 말을 걸며 처음 여자의 말을 막았다. 여자는 차에서 나와 파린을 유심히 지켜보고 있던 아마드를 가리켰다.

"그런 것 같아. 널 따라오고 있었다고! 혁명군에게 저 사람 잡아가라고 말해야겠어."

"안 돼요!"

파린이 가로막았다.

"저 사람은 나랑 같이 왔어요. 괜찮아요."

"그게 무슨 말이야, 같이 왔다니? 저 남자 아프가니스탄 사람이잖아. 네 오빠나 삼촌도, 아빠도 아닐 텐데. 그럼 누구지?"

친척 관계도 아닌 남자와 세상 밖에 나서는 일은 여자아이에게
심각한 골칫거리를 안길 수도 있는 문제였다. 파린은 고개를 돌렸
다. 하인이라고 얘기해야 하나? 그럼 이득일까, 아님 해가 될까?

대답 대신, 파린은 아마드와 함께 서둘러 차에 올랐다. 순식간에
둘은 차 안에 앉았다.

"얼른 여기서 빠져 나가요!"

파린이 말했다.

차를 돌리기에는 공간이 거의 없었다. 아마드는 보도로 차를 올
리더니 마치 할리우드 영화에서 봄 직한 모양새로 차를 세차게 틀
었다. 파린은 여자들이 차를 뚫어져라 쳐다보다 혁명군을 찾는 모
습을 보았다.

아마드에게 굳이 빨리 달리라고 말할 것도 없었다. 속도를 높이
면서 뒤를 보니 아무도 따라오지 않았다.

"언젠가 한 번 학교 끝나고 가게도 쓱 돌아볼래요. 하지만 제가
그러는 동안 차 안에서 기다리는 게 나을 것 같은데요."

앞 좌석에는 침묵만 흘렀다. 아마드는 자신의 선택 사항을 심사
숙고했다.

"알겠습니다, 파린 양."

파린은 기뻐하며 다시 뒤로 편하게 기대앉았다.

협상이 체결된 것이다.

4장

파티는 진작부터 진행 중이었다.

현관에 쌓인 신발 더미를 보아하니 손님 몇몇이 와 있다는 걸 알 수 있었다. 아직까지는 전부 엄마 친구들의 신발이었다. 남편들은 조금 있다 올 것이다. 이라크가 폭격을 개시한 뒤, 집에는 독한 술과 재미로 세상의 종말을 위해 축배를 드는 사람이 득실댔다.

"엄마가 보자고 하셔요."

파린이 집에 들어오기가 무섭게 아다가 전해 주었다.

"얼마나 화나셨는데요?"

대답 대신 아다가 물었다.

"얼마나 늦었죠?"

"아빠 잘못이라고 얘기할래요."

"그러면 통하겠네요."

아다는 파린이 기억하기에 가장 오래 일한 가정부였다. 아다는 파린보다도 더 많이 가족 분쟁을 목격했다.

파린은 주방으로 향했다. 거기서도 안방을 볼 수 있었기에, 굳이 보지 않아도 엄마의 기분을 가늠할 수 있었다.

파린의 집에는 접대용 거실이 있었는데, 아빠가 사업 동료를 만나는 곳이자 가족의 공적 이미지가 혁명 사상과 어울려 보이도록 꾸민 곳이었다. 아주 딱딱한 모양새를 한 가구가 아야톨라의 사진 아래 줄 지어 배치되어 있었다.

거실은 주방으로 곧장 이어졌다. 파린은 무거운 방음문을 밀어젖혔다. 안에서 요리사와 다른 하인들이 종종걸음을 치며 파티 음식을 준비하고 있었다.

주방에는 방으로 빠져나갈 수 있는 창문이 있었다. 창문은 닫혀 있었지만 파린은 웃음소리와 찻잔을 달그락거리는 소리를 들을 수 있었다.

차차 웃음소리는 음악과 뒤섞이고 차도 좀 더 강한 어떤 것으로 대체되었다.

사담 후세인이 테헤란을 폭격한 뒤에도, 파린의 부모님과 친구들은 거의 밤마다 장소를 이동하며 파티를 열었다. 집에서 집으로, 폭격이 더욱 거세질수록 술의 도수도 세졌다.

파린은 파티에 오는 사람들이 싫었지만 자신의 집에 오는 게 낫다고 생각했다. 다른 집에서 파티가 열리면 부모님은 파린도 꼭 데려갔기 때문이다. 남의 집에서 숨어 있을 장소를 찾기란 불가능했다. 어른들은 항상 남의 일에 쓸데없이 참견을 했다.

"뭐 읽고 있니?"

"뭐 쓰고 있어? 숙제? 네가 숙제를 다 하기 전에 우리가 아침까지 살아 있는지 봐야겠다!"

그리고

"왜 여기에 계속 앉아 있어? 파티는 다른 방에서 하고 있는데."

부모님이 파티를 주관할 때면 다른 손님을 피해 숨어 있기가 쉬웠다. 다른 사람이 파린을 보지 않는 한 아무도 파린에게 관심을 기울이지 않았다. 요령은 남의 눈에 띄지 않고 위층으로 올라가는 것이다.

파린이 엄마와 다른 여자들 사이에 끼면 그날 저녁은 망칠 게 뻔하다. 하지만 엄마가 하란 대로 하지 않으면 곤란한 상황에 빠질 터였다.

파린은 저녁을 망치기보다 곤란에 빠지길 선택했다. 접시에 빵과 과일, 치즈, 페이스트리를 담고는 주방으로 들어온 길로 그대로 빠져나가 자기 방으로 올라갔다.

파린이 사는 집은 혁명이 일어난 이래로 다섯 번째 집이었다. 집세를 아끼려고 아빠는 자신이 지은 새 집으로 자주 이사 다녔다. 집이 마무리되는 동안 그곳에 들어가 사는 식이었다. 가족에게는 이미 하인들과 경비원이 있었으므로, 아빠는 빈집에 관리비를 낼 필요가 전혀 없었다.

마지막으로 이사 온 이 집은 지금까지 살았던 집 중 가장 좋았다. 엄마는 이제 이사는 끝났다고 단호하게 말했다.

　"이 집을 짓는 데 내 금을 몽땅 써 버렸어요."

　엄마는 선언했다.

　"이제 우리는 여기에서 계속 살 거예요."

　엄마가 이 집이 너무나 마음에 든다고 공표한 뒤, 이것저것 고쳐 달라고 요구하기 시작했다. 덕분에 기술자들이 엄마 요구를 맞춰 주느라 다른 일을 할 수 없었다. 이 집에서도 다른 집과 마찬가지로 많은 다툼이 일어났다. 파린은 여기에 휘말리지 않으려 했다. 어떤 다툼도 자신에게 별 이득이 되지 않기 때문이다.

　자기 방 문을 열고 나서야 안심이 되어, 안으로 들어간 뒤 문을 닫았다.

　"닫힌 문."

　파린이 큰 소리로 말했다.

　"이거야 말로 최고지."

　파린의 방은 전혀 자신의 취향이 아니었다. 엄마는 「굿 하우스키핑」이라는 미국 잡지에 나온 모양을 그대로 따와 인테리어를 했다.

　"네 취향이 뭔지 알기엔 넌 너무 어려."

　파린이 엄마가 고른 벽지며 페인트 색깔이 싫다고 나서자 엄마는 이렇게 말했다. 방은 잡지 속 사진에 나온 방과 판박이였다. 분홍색에 레몬색 섞인 방으로, 파린의 나이 딱 절반쯤 되는 아이들에게나 어울릴 법한 색이었다.

책장은 엄마가 골라 온 외국 인형으로 들어찼다. 파린은 그 인형들을 가지고 논 적이 한 번도 없었다. 페르시아어나 영어로 쓰인 책도 마찬가지였다.

영어책은 길거리에서 늘어놓고 물건을 파는 개인 판매상에게서 산 것이었다. 테헤란의 영어책 서점은 혁명 이후 대부분 문을 닫았다.

파린은 자신의 방으로 들어올 때마다 매번 흠칫 놀랐다. 엄마가 바라던 어린이의 보호구역을 지나간다는 느낌을 지울 수 없었다.

"하지만 문은 있잖아."

파린은 스스로 다독였다.

"닫을 수 있는 문."

파린은 차도르를 옷걸이에 걸고 책가방을 침대에 떨어뜨린 다음 음식을 담은 접시를 책상 위에 올려놓았다. 안락의자에 앉기 전에 파린은 책장에서 비디오테이프 하나를 꺼내 플레이어에 넣고 작동 버튼을 눌렀다. 그러고 나서 텔레비전을 켰다. 〈나이트 스토커〉의 시작을 알리는 음악은 학교와 그날 받았던 스트레스를 단숨에 날려 주는 해독제였다.

지금 보고 있는 회 차는 파린이 가장 좋아하는 에피소드 중 하나였다. 흡혈귀가 로스앤젤레스를 마음대로 주무르는 이야기였다. 파린은 흐릿한 영상에 집중하며 마음을 푹 놓았다.

비디오, 음악, 잡지, 책 등은 테헤란에 일어난 혁명 때문에 모두 타격을 받았다. 금지된 품목이 한두 개가 아니었고 퇴폐적이고 저질이라고 공표되었다. 하지만 돈 있는 사람은 살 수 있었다. 파린은 이것들을 어떻게 손에 넣을 수 있는지 알지 못했다. 아빠가 어떻게 접촉하여 혁명군에게 보고하지 않고 자신의 편에 서는 사람을 알고 있는지. 파린이 아는 것이라고는 꽤나 자주 어떤 남자가 커다란 서류 가방을 들고 와서 금지 품목을 두고 간다는 것뿐이었다. 그리고 파린이 아빠에게 유령 이야기라든지 무서운 영화 등을 갖고 싶다고 말하면 그 서류 가방 아저씨가 가지고 왔다.

파린은 흐릿한 화면에서 책장으로 시선을 돌렸다. 그러고는 에드거 앨런 포가 쓴 『드라큘라』 『프랑켄슈타인』 『대단한 미국의 유령 이야기』 등 일련의 시리즈를 돌아가며 응시했다.

코브라 교장 선생님이 자신의 악마 이야기를 봤다는 사실이 싫었다.

그런 여자가 악마나 악마 이야기에 대해 뭘 알기나 할까? 꿈을 꾸긴 하는 걸까? 교장 선생님은 시종일관 냉철하고 무뚝뚝한 표정이다. 교장 선생님의 머릿속에는 아이들에게 벌을 줄 때마다 어떻게 괴롭힐까 상상하는 것 이상은 없을 것이다.

파린은 바시즈 집회에 있었던 남자아이들이 생각났다. 어떤 생각이 스쳐 지나갔다. 전쟁터 위의 이란 악마들에 관한 것이었다. 파린은 책가방에서 공책을 집었다. 어떻게 쓰지? 아이디어가 반짝

반짝 빛나고 확신도 드는데 정작 글이 머리 가장자리에서 맴돌았다. 이윽고 정리가 되어 머릿속에 개념이 막 잡히려던 참이었다.

바로 그때 엄마가 문을 벌컥 열고 들어왔다.

파린의 엄마는 키도 크고 눈에 띄는 얼굴이었는데, 할리우드 스타나 왕가를 연상시킬 만큼 나이를 알 수 없는 아름다움과 우아함을 지녔다. 엄마는 실크와 구슬로 된 옷을 입었고 하이힐에 올림머리를 하고 있었다. 파린은 그냥 엄마이겠거니 했다. 눈은 공책에 고정해 놓고 문이 쾅 하고 벽에 부딪히는 소리가 나도 고개를 들지 않았다.

"예의가 그 정도밖에 안 되다니."

"안녕, 엄마. 오늘 어땠어요?"

파린이 말했다.

"집에 오자마자 엄마에게 오라고 아다가 말했지?"

"정말요? 난 그런 말 못 들었는데요."

"아다가 네게 그렇게 말했다고 했어. 엄마는 네 말보다는 아다의 말을 신뢰해."

"무슨 말인지 알겠네요."

"그래, 그렇지. 왜 늦었니? 말할 땐 엄마 얼굴 좀 봐라."

파린은 고개를 들어 엄마 얼굴을 보았다.

"아빠와 함께 건설 현장에 있었어요. 아빠가 무슨 일을 하는지 더 알고 싶었거든요."

"뭐 때문에? 너는 절대 그 일을 안 하게 될걸. 지금 당장 아래층으로 내려가길 바란다. 손님 중 몇 분이 네 연주를 듣고 싶어 하셔."

"저 바빠요. 숙제하고 있던 중이었어요."

"어디 보자."

엄마가 공책 앞으로 다가왔다. 파린은 가슴팍에 공책을 안았다.

"그런 것 같구나."

엄마가 말했다.

"또 시간 낭비하는군. 아래로 내려가, 제발. 그리고 웃으려고 노력 좀 하고. 파티를 하잖니."

"지난밤에 그렇게 많은 사람이 죽었는데, 그리고 오늘 밤 더 많은 사람이 죽을지도 모르는데 파티를 하는 게 부끄러운 것 같아요."

파린이 말했다.

"꼭 『붉은 죽음의 가면 에드거 앨런 포의 단편 소설—옮긴이』 같아요. 성에 죽음을 가둬 놓을 수 있다고 생각하며 사람들은 먹고 마시지요. 그래 봤자 죽음은 어떻게든 올 텐데."

"어머나 세상에, 넌 어떻게 매사에 그렇게 드라마를 쓰니? 이미 우린 많은 걸 빼앗겼어. 가끔 이렇게 재미도 못 보고 산다면 삶에 무슨 의미가 있니?"

"엄마가 여는 파티는 별로 재미있어 보이지 않아요."

파린이 말했다.

"이란 사람들이 저렇게 고통받는데 파티에 오는 사람들은 정말 터무니없어 보여요. 난 안 내려갈래요. 엄마 친구들은 내 피아노 연주 없이 세상의 끝과 만나라지요."

엄마는 일부러 크게 한숨을 내쉬었다. 아까부터 이렇게 해도 파린에게 먹히지 않았지만 말이다.

"어쨌든 우리에게는 딸이 있으니, 네가 무릇 딸로서 감사하는 마음가짐을 가지며 엄마를 기쁘게 할 줄 알았지. 슬프고 겁에 질린 이웃들에게 행복한 선율로 소소하게 연주해 주면서 말이야. 하지만 엄마는 이해해. 너는 우리보다 훨씬 심오한 삶을 살고 있으니. 온 세상의 고통을 느끼겠지. 그 점은 존경한다."

단 한 번 매끄럽고 단호한 몸짓으로, 엄마는 방을 가로질러 가 파린의 음식을 획 들어 올렸다.

"이런 타락한 음식으로 배를 채우지 않는다면 다른 이들의 고통을 훨씬 절절히 느낄 수 있을 거다."

엄마는 이렇게 말하고는 파린을 뒤로하고 문을 쾅 닫고 나갔다.

파린은 문으로 공책을 던져 버렸다. 엄마는 이미 들리지 않을 정도로 가 버렸기에, 별 반응이 없었다. 가족들은 하나같이 문을 쾅 닫고 물건을 던졌다. 이건 그냥 일상생활의 배경 음악이나 마찬가지였다.

"내일 아마드에게 식료품점에 데려다 달라고 해서 포장 음식을 잔뜩 사야지."

파린이 크게 말했다.

"아니면 뭐가 좋을까, 창고에서 음식을 훔쳐야겠다. 하는 김에 음식을 차에 싣고 아마드와 아프간 일꾼들에게 줘야겠어."

실컷 화를 냈더니 배고픔이 몇 시간은 무뎌졌다. 파린은 〈나이트 스토커〉를 몇 회 더 보고, 악마 이야기도 조금 더 쓰다가, 숙제까지 싹 해 버렸다. 시간이 지날수록 사람들이 더 많이 오고 소리도 더 커졌다.

파린은 결국 배가 고파져 기회를 엿보기로 마음먹었다. 엄마가 친구들과 노는 데 정신이 팔려 딸이 있다는 사실조차 잊어버렸으리라 기대했다.

파린은 문을 살짝 열었다. 복도에는 아무도 없었다. 계단을 내려가 응접실 뒤를 지나 주방으로 들어갔다. 주방 담당들이 설거지를 하고 있었다. 아다와는 달리, 여기 젊은 여자들은 파린의 가족과 오랜 시간을 같이 한 적이 없었다. 파린은 엄마가 저들의 이름은 알고 있을까 의심이 갔다. 파린이야 알고 있지만.

"자하라, 음식 남은 거 없어요?"

파린이 그중 한 명에게 물었다.

"하나 만들어 드릴게요."

자하라가 말했다.

"뭐 하려고, 그러지 말아요. 그냥 조금 담아 주면 돼요. 엄마랑

내기 했거든요. 내 방에 먼저 가져가는 사람이 이기는 거예요."

자하라는 쟁반을 들고 빵이며 통닭구이, 페타 치즈, 과일을 담기 시작했다. 파린이 바클라바(가루에 꿀 등을 넣어 파이같이 만든 중동 음식—옮긴이) 몇 개를 집으려 빵 상자에 막 손을 넣으려는 찰나, 어깨에 손톱 느낌이 났다.

"이란인들의 고통을 공유하고 있니?"

엄마가 물었다.

"오, 여기 귀염둥이 따님이 있었네!"

엄마의 친구 중 하나가 주방으로 들어왔다.

"파린, 엄마가 네 피아노 실력을 어찌나 자랑하던지. 우리에게 조금만 들려주지 않을래?"

"당연히 그래야죠."

엄마가 파린을 대신해 대답했다.

"파린은 손님들 앞에서 피아노 연주하길 무척 좋아한답니다."

맹수의 발톱에 목이 걸린 마냥, 파린은 엄마에게 이끌려 안방으로 향했다.

문을 열자 파린을 처음으로 맞이한 것은 이란의 왕을 그린 커다란 그림이었다. 담배 연기가 여기저기에서 피어올라 신비로운 분위기를 자아냈다. 다음으로 파린이 본 것은 술을 비축해 둔 찬장이었다. 찬장은 평소에는 잠겨 있지만 오늘만큼은 열려 있었는데, 술이 방 여기저기 테이블 위에 지저분하게 널려 있었다. 로큰롤 음악이 전축에서 흘러나왔고, 부모님의 친구들이 춤을 추고 있었다.

"여기서 끝내 버리자."

파린이 숨죽여 말했다.

엄마가 오디오를 끈 뒤 와인 잔에 포크를 갖다 대고 쨍그랑 소리를 냈다.

"여기 좀 봐 주세요. 여기 소개하고 싶은 사람이 있어요. 음, 이미 모두들 아시겠지만, 그러니까 소개가 아니죠. 여기서 저희 딸 파린의 피아노 연주를 들려 드리고자 합니다. 파린, 거기 피아노 의자 깨끗이 치우고 앉아라. 그리고 어머나 세상에, 웃어야지!"

피아노 의자는 빈 잔과 담배가 수북이 쌓인 재떨이로 만원이었다. 파린은 팔뚝으로 물건들을 싹 쓸어버리고 싶은 충동을 겨우 참았다. 대신에, 쓰레기를 피아노 옆 바닥에 조심스럽게 놓고 앉았다.

"자, 파린이 어두운 피부색 때문에 조금 원숭이처럼 보일 수 있다는 거, 저도 알아요. 제가 사막 유목민과 결혼한 탓이죠. 하지만 가능하다면 못생긴 건 넘겨 버리고, 그냥 귀만 여세요. 좋아, 파린. 그냥 앉아 있지만 말고 연주를 시작해야지. 그리고 잘 쳐야 한다. 내 친구들 앞에서 날 거짓말쟁이로 만들지 말거라."

파린은 아빠가 혹시 자기 편을 들어 주지 않을까 쳐다보았지만 아빠는 다른 잔을 채우느라 여념이 없었다.

파린은 무슨 곡을 칠까 생각에 잠겼다.

순간, 파린은 유치한 곡을 대충 쳐 볼까 고민했다. 그러면 엄마에게 창피를 줄 수 있으니까. 하지만 이 파티가 사람들에게 어떤 의미일까 하는 생각이 들었다. 그리고 『붉은 죽음의 가면』 이야기도 생각났다. 파티로 전염병의 공포를 날려 버리고 싶어 하는 에드거 앨런 포의 이야기였다. 이윽고 파린의 손가락이 피아노 건반 위로 움직이기 시작했다.

파티가 중단되었다. 꼼지락거리는 소리도, 잔이 부딪히는 소리도 들리지 않았다. 모두들 음주와 흡연을 중단했다. 내가 보여 주겠어. 파린은 처음에는 도전적으로 건반을 눌렀으나 이내 음악의 감정에 푹 빠져 버렸다.

교장 선생님이 했던 말과 파린이 도덕적으로 우월하다는 걸 과시하려고 엄마에게 대들었던 일 등은 깊고 의미 있는 말이 되었다. 어젯밤에 사람들이 죽었다. 오늘 밤에는 더 죽을 것이다. 사담 후세인과 아야톨라, 연합군이 싸움을 그만두고 고향으로 살아 돌아가지 않는다면 말이다.

폭탄이 떨어지고, 소년들은 전쟁터로 달려든다. 홀로 남은 과부는 울부짖고, 집은 산산이 부서지며, 길고 슬픈 행렬이 묘지로 향한다. 이 모든 것이 파린의 연주에 녹아들었다. 전쟁의 슬픔이 방으로 스며들자 파티를 지배하던 억지웃음과 어른들의 삶이 서서히 사그라졌다.

노래가 끝이 났다. 오선 위의 유령이 여전히 피아노 위를 떠돌며 모임에 평화라는 여운을 남겼다.

파린의 엄마가 침묵을 산산조각 냈다.

엄마는 몸을 낮게 굽히고 파린의 귀에 대고 말했다.

"이건 파티야."

엄마가 으르렁댔다.

"넌 그것도 모를 정도로 둔하니?"

사담이 때려 붓는 폭탄 소리가 엄마의 으르렁거리는 소리보다 컸다.

첫 번째 폭탄이 터지면서 공습경보 사이렌이 울렸다. 폭발은 테이블 위 위스키 잔을 넘어뜨릴 정도로 가까운 곳에서 일어났지만 창문을 부술 정도는 아니었다.

"모두들 저장실로!"

파린의 아빠가 집의 정중앙에 있는 작은 방을 가리키면서 사람들을 인도했다. 강화 천장과 선반으로 안을 막은 저장실은 방공호 역할도 했다.

전기가 나갔다. 집이 너무 어두워서 사람들이 저장실로 더듬거리며 가다 의자에 걸리거나 서로에게 부딪혀 넘어졌다. 파린은 사람들에게 꽉 붙잡혀 같이 쏠려 갔다. 누가 누구인지 알 수 없었다.

사담이 이끄는 군대는 결국 그날 밤에도 행동을 개시했다. 비행기가 잇따라 뜨고 폭탄도 연달아 떨어졌다. 파린은 저장실로 가기 전까지 폭탄 네 개를 셌다. 거기서 아빠가 불이 켜지는 손전등을 찾았다.

파린은 분유 자루를 채운 플라스틱 통에 걸터앉았다. 누군가 담배 불을 켜자, 즉시 다른 사람들이 연이어 불을 붙였다. 이윽고 작은 방에 연기가 공기보다 더 많이 찼다. 파린이 기침을 했지만 아무도 신경 쓰지 않는 듯 했다.

"담배는 밖으로 버려 주시오."

아빠가 말했다. 파린은 조용히 고마워했다.

"담배 없이 이 상황을 어떻게 견뎌 내겠어요?"

엄마의 목소리였다.

"누군가 문을 조금만 열어 봐요. 공기가 좀 더 들어오게. 보르도 와인을 가져온 사람은 없겠죠?"

그 순간 파린은 엄마가 싫었다. 그러다 엄마의 태도가 옳은 게 아닐까 하는 의문이 들었다. 폭탄이 터지는 동안 그럼 뭘 해야 하지? 우는 거? 기도? 앉아서 공포에 떨기? 파린은 이것저것 모두 해 보았지만, 어쨌거나 폭탄은 떨어졌다. 그냥 평소처럼 행동하는 것이 최선일지도 모른다.

폭격은 오랫동안 지속되었다. 아빠와 엄마는 어둠 속에서 파린 곁으로 다가와 감싸 안아 주었다. 그저 단순한 뼈와 힘줄이지만 모든 걸 다 파괴하고자 하는 이라크 군으로부터 지켜 줄 것 같았다.

아무렇지 않은 척 지내던 밤은 점차 사라져갔다. 집이 흔들리고, 밖에서 들리는 비명이 저장실에도 스며들어왔다.

"오늘 밤 정말 죽을지도 몰라."

누군가 말했다.

"괜찮니, 파린?"

아빠가 파린에게 속삭였다.

파린은 아무 대답도 하지 않았다. 뭐라고 말하겠는가? 파린은 그저 폭격이 끝나기만을 바랐다. 자기 방으로 돌아가 〈나이트 스토커〉를 보며 엄마에게 불평을 늘어놓고 싶었다.

파린은 어둠 속에서 눈을 감고 아무것이라도 생각하려 했다. 술과 담배에 취한 어른들이 득실대는 저장실에서 벗어나 삶과 미래가 있는 곳으로 가고 싶었다. 파린은 자신이 쓴 악마 이야기를 떠올리려 했다. 이야기가 할리우드 영화로 만들어지면서 엄청난 부와 명예를 얻는 미래를 그려 보았다.

하지만 아무 소용이 없었다.

파린은 전혀 예상하지 못한 곳에서 마음의 안정을 찾았다. 불가해한 일이었다.

마음 깊이 어떤 환상이 피어올라 자신에게 희망의 감정과 마음의 평온을 가져다 주었다.

그 환상은 사디라의 얼굴이었다.

제
2
부

5장

파린은 짐짓 아무렇지 않게 행동했다.

사디라가 국기를 올리고 있다. 하지만 파린에게 국기 따위는 안중에도 없었다. 오직 사디라만 보일 뿐이었다. 안 보려 할수록 자꾸만 눈에 들어왔다.

파린은 왜 그런지 알 수 없었다. 사디라가 사라질지도 모르니까? 사디라가 국가 가사를 잊어버리면 알려 줘야 하니까?

'그만 좀 쳐다봐.'

파린이 혼잣말을 했다. 하지만 도저히 눈을 뗄 수가 없었다.

"파린, 앞으로 나오는 게 좋을 거야."

파골이 말했다.

오늘은 파골이 아침 운동을 지도할 차례였는데, 물론 파린은 집중하지 않았다.

파린은 소심하게 반항했다. 물론 할 수 있는 일이라고는 땅이나 하늘, 다른 학생만 쳐다보는 것뿐이었다. 사디라에게는 눈길조차 주지 않았다. 사디라가 웃으면 어떻게 하지? 아니 그보다 자기를 잊어버렸으면 어떻게 하지?

파골이 평소처럼 "혁명과 아야톨라 호메이니를 위해 열심히 일하자!"라는 주제로 일장 연설을 늘어놓는 동안, 파린은 파골 옆에 서 있어야 했다. 파골은 특히 혁명에 관해 말을 할 때면 더욱 장황해졌다. 말이 거칠어질수록, 파골의 얼굴도 험상궂어 보이는 것 같았다. 파린은 이 때문에 파골이 더 고루하다고 생각했다.

"도대체 어느 부분에서 이 말이 통할 거라고 생각하는 거지?"

파골이 제국주의와 이라크에 맞서 싸우자며 계속 웅얼거리자 파린은 혼자 중얼거렸다.

"파골은 절대 이란을 이끌어 가지 못할걸. 잘해봤자 이란 정치가와 결혼하겠지."

파린은 나이가 든 파골을 머릿속에 그리기 시작했다. 상상 속 파골은 이란의 지도자 뒤에 서서 여전히 무섭고 짜증스러운 표정을 하고 있었다. 그 불쌍한 남자가 텔레비전 연설을 하려고 하는데, 파골이 남자의 목을 쿡쿡 찔러가며 문법을 고쳐 주거나 똑바로 앉아 있도록 종용하는 모습이었다.

그렇게 그리고 있으려니 파린은 절로 웃음이 나왔다. 파린은 들키지 않으려고 일부러 기침을 했다. 파린이 손을 입에 대려는 순간, 눈이 사디라와 마주쳤다. 자신이 느꼈던 짓궂은 감정을 사디라도 느끼며 생글거리고 있었다.

'날 기억하고 있어.'

피가 발가락에서부터 머리끝까지 치솟았고 가슴 한가운데에서 정신없이 데르비시를 추었다.

마침내 파골의 입이 서서히 멈추었다. 그 다음은 학생회장인 라비아가 말했다. 파린은 라비아의 말에 귀를 기울였다. 키도 크고 침착한 라비아는 똑똑하면서도 친절한 성격으로 남들을 휘어잡았다. 라비아는 누구나 따르고 싶어 하는 선망의 대상이었다. 파골은 야비하고 남을 서슴없이 겁박하기 때문에 단지 무서워하는 것뿐이었다.

라비아는 '엄마와 딸의 다과회'가 다가왔음을 간략하게 알리며, 차를 대접하고 정리 정돈을 할 지원자를 더 받는다고 말했다. 파린의 엄마는 오지 않을 게 뻔하므로 지원할 필요가 없었다.

교장 선생님이 국기 게양대 쪽으로 다가섰다. 교장 선생님은 파골과 파린, 라비아가 줄로 돌아가도록 했다.

"지금 교장으로서 가장 슬픈 일을 해야 합니다. 어젯밤 폭격으로 우리 학생 중 한 명인 조리 바크쉬르를 잃었습니다. 조리는 초등학교 2학년이었습니다. 산수를 곧잘 했고 꽃을 그리길 좋아했지요. 잠시 조리의 삶과 가족을 생각하며 묵념하겠습니다."

학교 전체가 조용해졌다.

학교 마당을 에워싸는 벽 너머로 테헤란의 차량 소리가 들렸다.

봇짐장수며 택시 소리, 떠돌이 개들이 짖는 소리도 들렸다. 아기가 우는 소리와 엄마가 어린아이에게 먼지 구덩이에서 얼른 일어나라고 말하는 소리도 들렸다. "방금 빤 옷인데!" 벽 너머의 삶은 평소와 같았다. 벽 안에서 소녀들은 침묵했다.

학교에서 묵념 시간을 갖는 것이 이번이 처음은 아니었다. 두 번째도 아니었다. 심지어 세 번째도 아니었다. 파린은 숫자를 세고 싶지 않았다.

가족을 위한 묵념 시간도 있었다. 파골의 오빠들과 다른 아이들의 아빠, 삼촌, 아니면 남자 형제들을 위해.

파린은 아직도 이란 사람들이 남아 있다는 게 신기하다고 생각했다.

파린 뒤의 학생 누군가가 크게 트림을 했다. 물론 고의가 아니었지만 웃어도 괜찮은 방패막이가 되었다.

파린은 가만히 있었지만, 어린 학생들이 웃음을 참느라 읍읍 거리는 소리가 들렸다.

조회가 끝났다.

여느 때처럼 파린이 점심 급식 줄에 서 있는데 사디라가 쟁반을 들고 파린 옆에 섰다.

"혼자만 아는 거야?"

사디라가 물었다.

"뭘?"

"오늘 아침에 파골이 연설할 때 웃지 않으려고 했잖아. 혼자만 아는 우스갯소리야, 아니면 내게도 얘기해 줄 수 있어?"

파린은 병아리콩 스튜와 밥이 담긴 접시를 쟁반 위에 놓고 주스를 기다리는 줄로 갔다.

"파골이 대통령과 결혼하는 상상을 하고 있었어. 연설을 하고 있는데 파골이 대통령을 떠밀고 대통령이 말하는 걸 모두 고쳐 버리는 모습."

"여성이 이란의 지도자가 될 수 있다면 파골 같은 사람이 되겠지. 아니면 비슷한 성향을 가진 사람이거나."

"꼭 걔 좋아하는 것처럼 들린다."

"그 아이를 인정한다고 꼭 좋아하는 거라고는 할 수 없겠지."

사디라가 말했다. 파린은 동의하지 않을 수 없었다.

"파골은 겁이 없어. 다른 사람을 쥐고 흔들기를 좋아하기도 하고. 남자들도 자신의 말을 듣게 만들 거야. 어느 날 나라를 이끌어 가게 되겠지. 이란은 영향력 있는 여성들의 역사가 있으니까."

"파골은 결국 나라를 이끌어 가게 될 거야. 하지만 자신의 정적을 모조리 제거한 뒤겠지."

파린이 말했다.

사디라가 그 말을 듣고 웃었다.

파린은 쟁반을 든 채 앉을 곳을 찾아 주위를 둘러보았다.

"친구가 어디 있나 찾는 거야? 주로 그 친구들하고 먹니?"

사디라가 물었다.

"난 친구가 없어."

파린이 말했다. 하지만 곧바로 내뱉은 말을 다시 주워 담고 싶었다.

'하지만 사디라는 대담한 걸 좋아하지.'

그래서 말을 보탰다.

"우리 엄마는 내가 친구를 많이 사귀는 걸 좋아하지 않아. 우리 엄마 생각은, 음, 우리 엄마는 가족을 보호하고 싶어 하거든."

"너희 엄마도 오늘 오시니?"

사디라가 물었다.

파린이 씩 웃었다. 엄마는 당연히 오지 않을 것이다.

파린의 눈에 빈 테이블이 들어왔다.

"저기 창문 옆이 어때?"

둘은 앉아 점심을 먹으며 학교 운동장에서 저학년들이 노는 모습을 보았다. 파린은 다른 학생들이 자신을 보고 있다는 걸 의식했다. 학교에 다니는 내내, 파린은 친구와 함께 점심을 먹은 적이 단 한 번도 없었다. 혼자 앉을 자리가 없을 때만 빼고 말이다. 그래도 그걸 두고 누구와 함께 먹었다고는 말할 수 없다. 그건 고양이한 무리가 그릇 하나에 담긴 밥을 먹느라 아주 잠시 가까이 있는 것과 마찬가지니까.

파린은 처음에 사디라의 시선을 의식했다. 포크를 어떻게 들지?

이빨에 당근이 끼지는 않을까? 주스를 흘리지 않고 먹을 수 있을까? 그러다 새로 사귄 친구 앞에서 엄청난 바보처럼 보이는 것 아냐? 하지만 이야기를 시작하면서 파린은 이 모든 걸 잊어버렸다. 파린은 사디라가 먹고 웃는 모습을 보면서 시간이 영원히 멈추길 바랐다.

"저 여자아이들 울고 있는 것 맞지?"

사디라는 미끄럼틀 옆에 옹송그리며 모인 저학년을 가리켰다.

"쟤네들이 조리랑 같은 반이야. 너도 알지, 죽은 여자애."

"우리가 도울 수 있는 게 없는지 가 보자."

둘은 쟁반을 주방에 놓고는 밖으로 나갔다. 나머지 점심시간 내내 사디라는 저학년들과 이야기를 나누고, 안아 주고, 위로해 주었다. 저학년들은 사디라는 곧장 받아들였지만, 파린에게는 의심의 눈초리를 보냈다. 아무도 파린을 좋아하지 않는다는 소리를 들은 게 분명했다. 하지만 점심시간이 끝났음을 알리는 종이 울릴 때 파린은 그들과 함께 있었다. 심지어 여자아이의 땋은 머리가 느슨하게 풀어지자 다시 매만져주기까지 했다.

"우리가 이 일을 했다니 기뻐."

파린이 말했다.

"아이들 기분을 조금이나마 나아지게 해 주니, 꼭 사담 후세인을 상대로 우리만의 작은 승리를 거둔 것 같아."

사담은 파린의 대수학 시간에 다시 찾아왔다. 공습경보 사이렌이 울려 퍼졌다.

"움직여, 얘들아. 지금 빨리. 연습한 거 알지?"

파골과 다른 반장들이 학생들에게 침착하게 지시했다. 곧 학생들이 모두 체육관에 모였다. 학교에서 가장 중심부에 있는 곳이었다. 선생님들은 아이들이 자기 반에서 떨어지지 않게 단속했고, 비행기가 날아다니며 근처에 폭탄을 퍼붓자 수업은 중단되었다.

공습은 짧게 끝났다. 경보도 완전히 그쳤지만, 교장 선생님은 오늘 수업은 끝났다고 발표했다.

"선배는 후배와 함께 하교하세요. 가족이 밖에서 기다리고 있지 않으면, 선배에게 집까지 데려다 달라고 부탁하세요. 남쪽에서 온 저학년들은 여기에서 기다리고 있도록. 집까지 데려다 줄 택시를 호출하겠어요."

파린은 사디라를 보았다. 사디라는 후배들을 집까지 데려다 주겠다고 자청한 선배들의 줄에 섰다. 파린도 사디라 뒤에 따라 섰다.

"같이 걷자. 아이들을 데려다 주고 혼자 오는 것보다 덜 무서울 테니까."

파린이 말했다.

둘은 3, 4학년 자매를 집까지 데려다 주고, 아이들의 엄마에게 왜 일찍 왔는지 알려 주었다.

"학교에 보내는 게 아니었는데. 이 전쟁이 끝날 때까지 집에 있어야겠구나."

아이들의 엄마가 딸들을 끌어안으며 말했다.

"죄송합니다만, 어머님! 그건 아닌 것 같아요."

사디라가 말했다.

"사담 때문에 따님들이 학교에 다니는 것이 아닙니다. 남자들은 이 세상을 지배할 대로 지배했어요. 그리고 엉망으로 만들었지요."

아이 엄마가 고개를 끄덕였다.

"남자들이 아는 거라고는 싸움밖에 없어요. 아무리 다른 걸 배워도 잊어버리고 말죠. 그러니까, 이를 떠맡을 여성이 교육을 받아야 해요."

사디라가 말했다.

"학교에서 경보가 울리면 제가 따님들을 개인적으로 봐 드릴게요. 그렇게 해서 안심이 되신다면 제가 어떻게든 아이들을 지켜드리겠습니다. 제가 아이들을 잘 돌보겠습니다. 잘할 수 있다는 거 아실 거예요. 우리는 미래를 생각해야 해요."

어린 소녀들은 완전히 신이 났다. 선배들은 습관적으로 후배들을 무시하기 일쑤였다. 그렇게 해서 후배들에게 그들이 보잘 것 없고, 무시당할 수밖에 없다는 걸 머리에 심어 주려 했다. 자신을 돌봐 주는 선배가 있는 후배들은 학급 친구들 사이에서 콧대를 높였다. 아이들이 엄마를 조르자 엄마는 할 수 없이 허락했다.

"스스로 하겠다고 나서다니. 쟤네들이 말썽을 일으키지 말아야 할 텐데."

파린이 걸어가며 말했다.

사디라가 웃었다.

"말썽을 일으키기엔 저 아이들이 우리를 너무 좋아하는걸."

파린은 사디라가 '우리'라고 표현한 것이 마음에 들었다. 사디라는 파린이 함께하는 것을 받아들였다고 여기는 것 같았다.

둘은 다시 학교로 향했다. 사디라는 버스를 잡아야 했고 파린은 차가 오기를 기다려야 했다. 그때 오토바이 한 무리가 내는 소리에 가던 길을 멈췄다.

"데스 갱이야. 어디 가는지 한번 보자."

파린이 말했다.

파린은 몸을 돌리고 소리가 나는 쪽으로 향했다.

"저게 뭐라고?"

사디라가 물었다.

"나는 데스 갱이라고 불러. 미국 영화에 나오는 오토바이 폭주족처럼."

파린이 알려 주었다.

"〈와일드 번치_{1960년대 미국에서 상영된 서부 액션 영화—옮긴이}〉라는 영화 본 적 있니?"

사디라는 고개를 저었다. 파린은 순간 자신이 너무 많이 말한 것 같아 두려움에 휩싸였다. 〈와일드 번치〉는 아야톨라가 허용한 영화가 아니었다.

"가자. 소리를 들어 보니 이 모퉁이만 돌면 볼 수 있을 것 같아."

파린은 사디라가 자신을 따라오길 바라며 서둘렀다. 사디라도 파린을 뒤따라갔다. 모퉁이를 돌자 미사일을 맞은 집의 입구가 나왔다. 집을 둘러싸고 오토바이와 검은색으로 온몸을 감싼 혁명군이 있었다.

혁명군은 사람들을 돌무더기에서 밀어냈다.

"사람을 축출하자!"

혁명군이 소리쳤다.

"우리는 이제 사담에게 죽음을 퍼부을 것이다. 오늘 우리는 사담과 이라크를 파괴해야 한다. 내일은 이스라엘과 미국, 그리고 샤를 되돌리려 하는 자와 이란인을 쇠창살에 가두려는 모든 반혁명 세력들을 깨부수어야 한다. 사담에게 죽음을! 미국에게 죽음을! 사담에게 죽음을! 미국에게 죽음을!"

혁명군은 구호를 외치며 사람들에게도 같이 외치기를 종용했다.

군중은 조용했다.

파린은 이런 일을 수도 없이 목격했다. 검은 옷에 붉은 머리 끈을 한 혁명군이 오토바이를 타고 폭격을 맞은 집으로 가면서 사람들에게 전쟁 열기에 동참하도록 부추겼다.

"분노는 슬픔보다 강하다!"

혁명군은 거듭 외쳤다.

"함성은 눈물보다 강하다. 적에 맞서 싸우는 일은 어린아이가 별에게 기도하는 것보다 강하다! 사담에게 죽음을! 미국에게 죽음을!"

사람들은 언제나 함성과 구호를 이어받았다. 자신들에게 폭격을 가한 "사담에게 죽음을!", 그리고 "미국에게 죽음을!"을 자동적으로 따라 외쳤다. 미국이 사담에게 폭탄을 공급해 주기 때문이다.

하지만 이번에는 아무도 외치지 않았다.

폭격을 맞은 집 주위에 있던 사람들은 그냥 어깨를 축 늘어뜨리고 손도 내린 채 조용히 서 있었다. 단 한 명의 목소리도 들리지 않았다. 그 누구도 소리를 내지 않았다.

파린은 숨을 죽였다.

혈기왕성한 혁명군은 군중을 향해 소총을 겨누며 다시 구호를 외칠 것을 종용했다.

"사담에게 죽음을! 미국에 죽음을!"

아무도 소리 내지 않았다.

두려움이 가득한 얼굴로 사다라는 파린의 팔을 잡고 나지막이 말했다.

"사람들을 쏘면 안 돼."

혁명군은 잠시 정말 쏠 것처럼 하다가 결국 총을 내려놓았다.

혁명군은 죽음을 외치며 주먹을 공중으로 몇 번 더 뻗고는 다시 오토바이에 올라 자리를 떠났다.

사람들은 군이 떠나도 환호하지 않았다. 대신, 돌무더기를 치우러 돌아갔을 뿐이었다.

사디라는 사람들을 도우러 다가갔다. 파린도 함께했다.

"모두 죽었어요."

늙은 여자가 말했다.

"사람 셋이 죽었다오."

늙은 여자는 이불을 덮은 시신에 고개를 숙이고는 한쪽으로 두
었다.

파린과 사디라는 바위며 돌멩이, 자갈 등을 들어 올려 작은 돌
무더기를 만들었다.

누군가 트럭을 끌고 와 짐칸에 시신을 실었다.

모두들 말없이 일만 했다. 달리 말할 게 아무것도 없어 보였다.

파린은 새로 사귄 친구를 따라 일했다. 그곳이 자신이 있어야 할
바로 그 자리였다.

• 6장 •

딸랑대는 소리가 가득한 오후였다.

티스푼이 중국산 찻잔에 부딪혀 땡그랑 소리를 냈다.

컵에 차가 다시 채워지면서 은 찻잔 세트에서 찰랑거리는 소리가 울렸다.

아이보리색 피아노 건반을 오르내리는 파린의 손가락도 딸랑거리며 가볍고 순수한 고전 음악을 연주했다.

온전히 밝고, 무심하며, 별로 특별할 것이 없는 날이었다.

매월 첫 번째 월요일, 파린의 엄마는 문화적 여성을 위한 샤 복귀 운동 차 모임을 열었다. 샤를 옹호하는 여성들이 엄마가 흔히 부르는 '진전'이 얼마나 있었는지 알게 되는 시간이었다.

"진전이 있었어요."

엄마는 대개 이렇게 시작을 하며 지난주에 일어난 일 중 희망적인 사안을 줄지어 전달했다.

파린은 매번 모임에서 시중을 들어야 했다. 혁명이 일어난 직후 (파린이 아직 어렸을 때) 파린이 주로 해야 할 일은 연회복을 입고 아몬드 쿠키가 담긴 접시를 들고 돌아다니는 것이었다. 여자들은 파린을 토닥이며 얼러 주다가, 일단 이란 왕가에 대한 소식을 주고 받기 시작하면 파린을 무시하곤 했다.

샤 무하마드 레자 팔라비는 1980년에 사망했다. 파린은 몇 년 뒤 샤의 죽음을 알게 되었을 때 무척 놀랐다. 가족실 안에서 가장 눈에 띄는 자리에 걸려 있던 샤의 사진을 보면 마치 장벽이나 산처럼 굳세고 확신에 차 보였기 때문이다.

"혁명이 일어나고 얼마 지나지 않아 돌아가셨지."

엄마가 말했다.

"너에게 분명히 얘기했어. 네가 집중을 하지 않았을 뿐이지."

"죽었는데 어떻게 데리고 와요?"

파린은 좀비가 된 샤를 떠올렸다. 팔을 쭉 뻗은 채 왕궁을 흐느적흐느적 걸어 다니며 신선한 사람 고기를 먹으려고 소리 지르는 모습.

"샤의 아들을 새로운 샤로 만들 생각이다."

엄마가 말했다.

"왕세자가 지금 우리 나라를 지배하고 있는 저 쓰레기들로부터 우리를 구원해 줄 거야."

여자들이 차를 마시는 동안 파린은 공허한 곡조 한 가락을 댕댕

하고 쳤다. 파린은 엄마와 나누었던 대화를 생각하며 자신의 악마 이야기에 좀비 샤를 넣어 보면 어떨지 궁금해졌다. 아니면 샤가 언덕에 있는 자신의 여름 별장에서 늑대의 공격을 받고 난 뒤 보름달이 뜨는 밤이면 늑대인간으로 돌변한다던가. 아니면 더 재미있게 샤가 뱀파이어가 되는 것이다. 낮에는 숨어 있다가 밤이 되면 밖에 나와 피의 축제를 즐기는 거지.

파린은 점점 신이 났다. 뱀파이어나 늑대인간, 좀비 등은 이란에서 내려온 악마는 아니었다. 하지만 여기에 없을 건 뭐람? 이란에도 악마나 정령 같은 게 있으니까. 그러니까 다른 괴물이 조금 더 있다한들 뭐 어때?

너무 신이 났는지, 파린은 피아노 건반을 단순히 딩동거리다가 점점 세게 치기 시작했다. 그 바람에 피아노 소리가 꼭 군대 행진곡 같이 바뀌고 말았다.

모든 여자들이 파린을 쳐다보았다. 엄마가 이마를 찌푸렸다.

파린은 사과하지 않고 피아노 소리를 낮추었다.

"이제 시작할 시간이 된 것 같군요."

엄마는 이 모임의 의장이었다. 의장은 돌아가면서 맡았지만, 다른 누가 의장이 된다 해도 엄마는 뒤에서 모임을 좌지우지했다.

엄마의 말은 파린더러 피아노 연주를 이제 그만하라는 뜻이었다.

모임을 시작하기 전, 누군가 안방 문을 똑똑 두드렸다. 아다가 방으로 들어왔다.

"죄송합니다, 사모님. 전화가 와서요."

"메시지 남기세요, 아다. 이제 모임을 시작해야 하니까."

"파린 양에게 온 전화입니다."

아다가 말했다.

파린은 한 번도 전화를 받은 적이 없었다. 종종 친척이나 다른 사람들에게 안부 인사차 전화를 한 적은 있지만.

"누가 너에게 전화를 하지?"

엄마는 전화를 건 사람이 마치 범죄자나 바보가 아니냐는 말투로 물었다.

"저도 몰라요."

파린이 솔직히 말했다.

"학교 사람이래요. 사디라 양이라는군요. 숙제 때문에 전화했대요."

아다가 말했다.

"가. 하지만 너무 오래 있지는 마라. 비서가 두통 때문에 자리를 비웠으니까 네가 회의록을 기록해야 해."

엄마의 바보 같은 친구들을 위해 비서 노릇을 해야 한다는 생각도 파린의 흥분을 잠재울 순 없었다. 하지만 복도로 달려가지는 않았다. 친구에게서 전화받는 일이 일상이기라도 한 듯 짐짓 아무렇지 않게 행동했다. 엄마에게 귀찮게 질문 세례를 받고 싶지 않았다.

"여보세요?"

"파린? 나야, 사디라."

파린은 배가 움찔하는 게 느껴졌다.

"아, 안녕."

파린은 계속 아무렇지 않은 척 행동했다.

"전화 받기 곤란하니?"

사디라가 물었다.

긴장한 티가 났나 보다. 아무렇지도 않게 행동하려 했는데.

"아냐, 괜찮아. 정말 괜찮아. 네 덕분에 엄마 모임에서 나올 수 있었거든."

파린은 말을 다시 주워 담고 싶었다. 엄마가 두려워하는 질문의 빌미가 될 수 있었다.

"음, 그러니까 엄마가 모임을 주선하는데, 그냥 아줌마들끼리 모이는 것뿐이야."

파린이 말을 이었다.

"한 달에 한 번 만나서 차를 마시며 수다를 떠는 거야. 엄마는 내가 거기서 간식 돌리기를 하길 원하셔."

"여자들의 모임이라. 재미있겠다. 나도 언젠가 한 번 가서 돕고 싶은데."

사디라가 말했다.

파린은 그들만의 별 볼일 없는 모임에 낯선 사람을 데리고 가면 엄마가 어떤 반응을 보일지 몹시 궁금했다. 자신이 그런 일을 저지

를 만큼 강심장일지도 궁금했다. 사디라와 함께라면 최악의 경우
도 괜찮을 것이다.

"그거 정말 괜찮겠는데. 하지만 우리 엄마는 음, 좀 특이해."

"부모님은 언제나 시험에 들게 하지. 우리 엄마라면 널 좋아했을
것 같지만 말이야. 너도 아마 우리 엄마를 좋아했을 거야."

사디라가 말했다.

"파린, 네가 필요하다고!"

엄마가 복도로 고개를 쑥 내밀었다.

"숙제를 물어보는 데 뭐가 그렇게 오래 걸리니?"

"금방 갈게요."

파린은 그렇게 말하고는 전화에 대고 점잖은 목소리로 말했다.

"식물학 부문을 읽어야 하고 이란 토착 식물을 그린 다음 이름
을 붙여야 해."

엄마가 안으로 들어가자 파린은 안도했다.

"가야 하니?"

사디라가 물었다.

"그래야 할 것 같아. 엄마가 계속 끼어 들어서."

"넌 좋겠다. 가까이에 널 봐 주는 사람이 있어서."

"그럴지도 모르지. 하지만 항상 좋지만은 않아. 아빠가 널 봐 주
시지 않니?"

"우리 아빠는 그러기엔 너무 침울해 있어. 전보다 나아지기는 했

지만, 여전히 예전 같지가 않아. 아빠는 내가 올바른 일을 하길 바라서. 나를 믿는 건 좋지만, 아빠가 내게 학교에서 있었던 일이나 내가 숙제를 다 했는지 물어본다면 더 좋을 것 같아."

파린은 어떻게 대답하면 좋을지 알 수 없었다.

"그럼, 내일 수업 시간에 보자."

사디라가 말했다.

"그래 내일 보자."

파린이 말했다. 그러다가 갑자기 생각이 났다.

"네가 숙제에 대해 물어봤던가?"

사디라가 웃음을 터뜨리자 파린은 마치 둘이 같이 있다는 느낌이 들었다.

"그래서 전화했던 것 같은데……."

사디라는 그렇게 말하고는 전화를 끊었다.

파린은 꿈꾸듯 엄마의 모임이 있는 방으로 돌아갔다.

그러고는 자리에 앉아 종이와 펜을 집었다.

"우리는 토론토에 사는 여성에게서 이 소중한 편지를 받았습니다. 왕국의 재건을 위해 노력을 지속해야 한다고요."

엄마가 말을 이었다.

"엘리자베스 여왕에 대한 언급이 많은 것으로 보아, 이 여성은 우리가 영국의 지배를 바란다고 믿고 있는 것 같습니다. 감히 말하건대 저는 엘리자베스 여왕이 저 털북숭이 아야톨라보다 더 선진적인 통치자가 분명하다고 생각합니다. 이제 이 여성분의 편지를 읽어 드리겠습니다."

모임은 계속해서 윙윙거렸다.

파린은 충실히 종이에 옮겨 적었다. 파린은 요즘 들어 엄마 말을 잘 들으려고 노력했다. 반항을 덜 해야 그날이 수월하게 넘어가고, 엄마의 세상에서 슬그머니 벗어날 수 있으니까.

드디어 모임이 끝났다. 엄마는 파린에게 적은 내용을 회의록에 끼워 넣으라고 주문했다. 파린은 종이를 쓱 보더니 구겨 버렸다.

"펜이 망가졌어요."

파린은 종이를 있는 힘껏 둥글게 뭉쳤다.

"잉크가 여기저기 번졌지 뭐에요. 집중은 잘 하고 있었는데."

파린은 잽싸게 몸을 뒤로 옮기며 자기 방으로 향했다.

"다시 깔끔하게 써서 드릴게요!"

올라가는 내내 부주의를 탓하는 설교가 이어졌다. 파린은 엄마의 잔소리가 들리지 않게끔 문을 쾅 닫고 침대 한가운데에 앉았다.

파린은 떨리는 손으로 종이를 다시 펼쳤다.

크고 작은 필체로, 페르시아어와 영어로, 달 끝에서 떨어지는 그림 글자로, 파린은 쓰고 또 썼다.

사디라.

7장

"아침의 별이 함께 노래하네. 신의 아들들이 모두 기쁨에 겨워 노래하네."

파린은 사디라에서 사디라의 아빠 하지 나디르, 아마드, 또 다른 손님인 랍비 사이드에게 눈길을 돌렸다.

사디라의 아빠는 침착하고 조용하며, 거의 달래는 듯한 목소리로 말했다. 나이가 조금 더 있는 남자는 웃음이 담긴 눈매에 수염을 길게 길렀고, 전통 예복과 수도승 터번을 썼다. 말을 인용할 때 벽 너머 한 지점을 응시했는데, 마치 영혼과 대화하는 것 같았다. 말을 마치고 남자는 방을 둘러보며 고개를 숙이고 살짝 미소 지었다. 남자의 눈이 파린과 마주쳤다.

파린은 랍비 사이드가 어떤 대답을 듣기를 원한다는 걸 알았다. 하지만 그 대답을 어떻게 풀어야 할지 알지 못했다.

파린은 엄마의 허락을 받고 사디라의 집에 올 수 있었다. 아빠가 수십 번 설득한 덕분이었다.

"친구가 있다는 건 아주 훌륭한 일이지."

파린의 아빠가 말했다.

"우리 딸이 친구라는 선물을 받는다는데, 우리가 그 길을 가로막을 수는 없잖소?"

"이 낯선 여자아이나 가족에 대해 아무것도 모르잖아요."

엄마가 말했다.

"혁명군이 보낸 스파이 조직일지도 모른다고요. 우리가 여기서 하고 있는 일을 전부 무너뜨릴 수도 있어요."

파린은 '여기서 하고 있는 일 전부'란 여자들이 샤의 낡은 사진에 대고 찻잔을 들어 올리는 일이라고 말하고 싶었지만 입을 다물고 아빠가 반박하게 내버려 두었다.

"사디라가 여기 올 필요는 없지 않소. 파린이 그 아이 집으로 가면 되지."

파린은 사디라가 파린의 집에 올 차례가 되면 뭐라고 설명하면 좋을지 알 수가 없었다.

아마드는 금요일 단축 수업 날 두 소녀를 사디라의 집에 데려다 준 뒤, 저녁을 먹고 나서 파린을 데리고 오라는 지시를 받았다.

"그리고 그날 있었던 일 모두를 보고하도록 해요."

엄마는 아마드에게 이렇게 말했다.

그때까지 파린은 아마드가 집에 있는 음식을 몰래 가져다 아프가니스탄 노동자에게 주는 일을 도왔다. 그 때문에 친구 집을 방문한 일을 두고 아마드가 엄마에게 꼬투리 잡힐 일을 보고하지 않으리라고 확신했다.

사디라의 아빠가 둘을 따듯하게 맞아 주며 얼른 안으로 들어와서 편한 자리에 앉도록 안내했다.

"차에서 기다리고 있을게요."

아마드가 파린에게 말했지만, 사디라의 아빠는 받아들이지 않았다.

"이리 와요, 형제여. 우리는 신 앞에서 똑같은 사람입니다. 우리 집에 들어와 손님이 되어 주세요. 아무리 오래 계셔도 우리에게는 영광입니다."

파린은 사디라가 차와 아몬드 캔디를 준비하는 일을 도왔다. 이제 작은 응접실 좁은 매트에 모두 앉았다. 방은 검소했다. 장식이라곤 사진 두 개뿐이었다. 하나는 아야톨라 호메이니의 사진이고 하나는 메카를 찍은 사진이었다. 파린의 눈에 방은 놀랄 만치 보기 좋았다. 물건이 어수선하게 널리지도 않았고 강렬한 보색 대비도 없었다.

파린은 자신이 느끼는 감정이 무엇인지 알아내려고 애썼다. '자유!' 파린은 자유를 느끼고 있었다. 파린의 마음은 이 방처럼 안식을 취하고 있었다.

'나도 내 방을 다시 정돈해야겠어. 쿠션도 전부 다. 단순하고 편

안하게.'

오후를 즐기며, 사람들은 차를 마셨다. 그 와중에 사디라의 아빠가 파린과 사디라에게 학교생활에 대해 물었다. 남자들은 학창 시절 소소한 사건에 대해 이야기를 나누었고 파린은 자신이 즐거워하고 있다는 사실을 새삼 깨달았다.

그러다가 사디라의 아빠가 새벽 별의 노래에 관한 어떤 기이한 일을 말했다. 분명히 그는 파린이 대답하기를 바랐지만, 파린은 어떤 대답을 기대하는지 알지 못했다. 그렇다고 해서 사디라 앞에서 바보같이 보이기는 싫었다.

"〈욥기〉에 나온 말이지요."

랍비 사이드가 말했다.

"38장 7절. '눈물이 밤새 흐른다고 해도, 아침에는 기쁨이 찾아온다."

"〈시편〉이에요. 정확하게 어디에 나오는 구절인지는 모르겠는데, 잘못 말씀하신 것 같아요, 랍비. 제대로 된 구절은 '눈물은 밤새도록 지속되리라.'예요."

"사디라 말이 맞아요, 랍비."

아빠가 말했다.

"'지속된다.'라고 나와 있어요."

"잘못을 인정합니다."

랍비는 웃는 얼굴로 가볍게 고개를 숙이며 말했다.

이제 사디라의 차례였다.

"죄가 소멸된 자, 의심이 파괴된 자, 절제하는 자, 다른 이들의 안녕에 전념하는 자는 신의 영원한 기쁨을 얻으리라."

사디라의 아빠와 랍비 모두 답을 몰라 쩔쩔 맸다. 아마드가 대답을 알고 있었다.

"바가바드 기타 인도 고대 서사시 중 하나인 마하바라타의 일부―옮긴이 에 나온 구절이군요. 몇 년 간 인도에서 난민 생활을 했어요. 파키스탄과 이란에서 난민이 되기 전에요. 힌두어로 된 성서를 공부했었죠. 물론 그냥 재미로요."

"성서를 공부할 수 있는 유일한 방법이기도 하죠."

랍비가 말했다.

"우리는 평생을 공부하는 데 바치지만, 그래도 삶의 끝자락에서 아는 건 거의 없지요."

'그래 봐야 무슨 소용인데요?'

파린은 묻고 싶었지만 잠자코 있었다.

"우리가 이렇게 공부함으로써 신의 무한한 선에 한 발짝 더 다가가게 됩니다."

파린의 질문에 대답이라도 하듯 사디라의 아빠가 말했다.

"아마드, 우리와 나누고 싶은 구절이 있소?"

아마드는 잠시 생각에 잠기더니 입을 열었다.

"완전한 침묵과 착한 마음, 이보다 더 좋은 일은 없다."

"하디스_{마호메트의 말씀 중 하나—옮긴이}에서 나온 말이에요."

파린이 대답했다. 그걸 알고 있다니 스스로도 놀랄 지경이었다. 종교 수업 시간에 배웠던 내용이 머릿속에 분명히 담겨 있었다.

이제 파린이 구절을 말할 순서가 되자 입을 함부로 놀린 자신을 자책했다. 자신의 머릿속에 맴도는 구절이라곤 〈나이트 스토커〉나 엘비스 프레슬리의 노래에서 따온 것밖에 없었다. 그렇다고 "너는 개 이상도 그 이하도 아니야_{엘비스 프레슬리의 곡 〈Hound Dog〉의 가사 일부—옮긴이}."라고 말하는 건 그날 분위기에 전혀 어울릴 것 같지 않았다.

결국 파린이 하나 해 내었다. 교장 선생님이 학생들 앞에서 즐겨 말했던 속담 구절이었다.

"바보라고 해도, 침묵을 지키면 현명하다고 볼 수 있다. 입을 꾹 다물고 당신의 좋은 면을 보여 주어라."

잠시 작은 방이 조용해졌다. 파린은 자신이 공격적으로 비춰졌을까 돌연 두려워졌다. 하지만 모두들 웃음을 터뜨렸고, 랍비는 구절이 속담에서 온 것이라고 정확하게 맞혔다.

"랍비 사이드와 나는 어릴 때부터 이런 식으로 놀곤 했지."

사디라의 아빠가 말했다.

"우리는 아버지와 함께 이 놀이를 했단다. 우리의 아버지가 어렸을 때 할아버지와 했던 것처럼. 할아버지는 또 할아버지의 아버지와 이 놀이를 했고. 우리는 이러한 전통이 우리 두 가족 사이에서 지속되기를 바란다."

"당신의 훌륭한 아들들은 세상을 떠났고 우리 아이들은 이스라엘로 떠났지. 하지만 당신의 딸은 학구적인 여성으로 자라서 당신에게 복을 안겨 줄 것이오. 그러면 이 놀이를 지속할 방법을 찾겠지."

랍비 사이드가 말했다.

"아마도 파린이 이 놀이를 이어받을지도 몰라. 엄마와 딸이 대대로 물려받는 식으로 지속될 수 있지."

파린은 찻잔 따위를 모아서 작은 주방으로 가져가는 일을 도왔다. 어른들은 남아서 이야기를 계속했다.

"아빠가 요새 들어 부쩍 좋아지셨어. 이전보다 훨씬. 아빠가 너를 마음에 들어 해서 그런 것 같아. 내가 행복해하는 모습을 보니까 말이야."

사디라가 말했다.

사디라의 집은 테헤란 남부에 있었는데, 작은 집과 아파트가 무질서하게 건립된 도시 외곽의 작은 구역에 있었다. 아마드는 몇 블록 떨어진 곳에 주차했다. 사디라 집 주변의 길은 사람들과 자전거, 오토바이만 겨우 다닐 수 있을 정도로 좁았다.

둘은 저녁 식사로 먹을 채소를 씻고 썰었다. 난로는 집처럼 작았다. 버너만 두 개 있을 뿐이고 오븐은 없었다. 냉장고도 없고, 빛이라고는 창문을 통해 들어오는 것이 전부였다.

"여기에는 불이 안 들어와?"

"내 방에만 유일하게 전기가 들어와. 그래서 공부는 할 수 있지."

"그럼 밤에는 어떻게 불을 켜?"

파린은 텔레비전도 없다고 짐작했다.

"등유로 된 램프가 있긴 하지."

사디라가 말했다.

"작년까지만 해도, 밤이 되면 다음 블록에 있는 가로등으로 가서 공부하곤 했어. 이 동네에 공부를 열심히 하는 여학생들이 몇 명 있거든. 같이 앉아서 공부를 했지. 하지만 이웃에 사는 남학생들이 자기들이 써야 마땅하다며 우리 자리를 차지해 버렸어. 그래서 아빠가 내 방에 전기가 들어오도록 허락하신 거야."

"가로등 밑에서 공부했다고?"

"이 지역에서 그런 일은 유별난 게 아니야. 하지만 가로등 빛이 독서에 좋지 않기는 하지. 머리가 아프기 일쑤니까."

저녁 준비를 하면서 파린은 사디라를 흉내 내려고 아등바등했다. 하지만 손도 서툴고 칼질도 어색했다. 파린의 가족은 언제나 부엌에서 일하는 시중이 있었기 때문에 가장 단순한 일조차 배운 적이 없었다. 사디라를 돕는 일은 재미있었다.

할 일을 마친 뒤 사디라는 파린을 데리고 방 구경을 시켜 주었다. 응접실을 제외한 유일한 방이었다.

"우리 아빠는 응접실에서 자고 공부하셔. 우리가 있던 곳 말이야. 난 여기서 잠을 자고 공부한단다."

사디라의 방은 응접실과 거의 비슷하지만 조금 더 색감이 있었다. 청록색 천으로 감싼 바닥용 쿠션을 보니 아침 해가 뜰 때 보이는 청명한 하늘이 떠올랐다. 작은 벽장에 사디라의 물건이 들어 있었다.

"뭐 하나 보여 줄까? 일종의 비밀이야. 처음 너와 만난 날 이미 보여 준 거나 다름없지만."

사디라가 벽장문을 열었다. 안에는 잘 개진 옷과 책이 깔끔하게 정리되어 있었다. 파린도 자기 방을 깔끔하게 정리하고 싶어졌다.

사디라가 벽장에서 산티르를 꺼내 바닥에 올려놓았다. 천 가방을 여민 끈을 풀고는 줄을 뜯을 때 쓰는 작은 나무 봉을 꺼냈다.

"우리 엄마가 남긴 거야. 이걸 연주할 때면 엄마가 옆에 있는 것만 같아. 집이 폭탄을 맞았을 때 대부분 사라졌지만 이것만은 손상을 거의 입지 않고 남아 있더라고. 바로 여기만 빼놓고."

사디라는 파린에게 움푹 패고 흠집이 난 귀퉁이를 보여 주었다.

"정확하게 말해서 정부에서 허용한 물건은 아니지만, 아빠는 규칙은 언젠가 바뀔 거라고 생각하셔. 아빠는 내가 연주하는 걸 좋아하시지. 조용하게만 한다면 말이야. 행복했던 시절을 떠올리게 하거든."

"내게 뭔가 연주해 주지 않을래?"

"잠깐만, 나 비밀이 하나 더 있어. 이건 우리 아빠도 모르는 거야. 나는 이란의 고전 음악을 현대 음악과 섞어서 연주하는 걸 좋아한단다. 로큰롤이나 터키 라디오 방송으로 들었던 그런 음악 말이야. 너 롤링스톤즈 알아?"

롤링스톤즈라면 부모님의 파티에서 들었던 로큰롤 밴드 중 하나다. 파린은 당연히 잘 알고 있었다.

"이것은 내 나름대로 연주한 〈You Can't Always Get What You Want내가 원하는 걸 항상 가질 수는 없어.〉야."

사디라는 조용히 연주를 시작했다. 아름다운 이란의 선율과 하드 록 음악의 강렬한 비트가 잘 어우러졌는데, 파린이 이전에 한 번도 듣지 못한 소리였다.

"멋지다. 라디오에서 한 번 연주해 봐야 해. 사람들이 무척 좋아할 거야."

파린이 말했다.

"사람들은 좋아하겠지만, 정부는 싫어할 거야. 아마도 언젠가는 할 수 있겠지. 우리 아빠는 상황이란 언제든지 변하는 법이라고 했어. 우리가 역사에서 배운 것처럼 같은 것이 아주 오랫동안 지속된 적은 없지."

"나도 비밀을 알려 줄게."

파린이 말했다.

"나 책을 쓰고 있어. 다 쓰고 나면 영화나 텔레비전 쇼에 나오도록 계획을 짤 거야. 그럼 넌 거기에 맞는 음악을 만들면 되겠다."

"어떤 종류의 책인데?"

“악마와 맞서 싸우는 이란 소녀에 관한 거야. 대개는 이란에서 온 악마지. 하지만 뱀파이어처럼 다른 악마도 있어.”

“왜?”

“왜라니? 내가 왜 책을 쓰냐고?”

파린은 사디라가 잘 이해하지 못한 것 같아 약간 실망하며 물었다.

“아니, 왜 소녀가 악마와 싸우는데? 악마의 힘을 손에 넣어서 자신이 나쁜 짓을 하고 싶은 거야, 아니면 좀 더 나은 세상을 만들기 위해 그러는 거야?”

파린은 잠시지만 곰곰이 생각했다. 그런 질문은 생각해 본 적이 없다. 힘이 무진장 세진다는 아이디어는 좋았다. 그런 힘을 가졌다고 생각한 적도 없으니까. 하지만, 그렇다면…… 일단 그 힘을 얻으면 무엇을 하지? 더 좋은 세상을 만드는 일은 재미있을지도 모른다, 파린은 결정했다.

“상황을 개선시키려고 싸우는 거지. 학생 회장인 라비아와 비슷해. 파골보다는.”

파린이 말했다.

“나도 같이 해도 될까?”

사디라가 물었다.

“나랑 같이 쓰고 싶다고?”

“아니, 나는 그 정도로 상상력이 없어. 하지만 나도 너와 함께 악마와 싸우고 싶어. 나도 책에 넣어 주면 안 돼? 소녀 두 명이 악마에 대항해서 싸우는 이야기, 어때?"

파린은 머리가 핑핑 도는 것 같았다.

"클럽을 만들자."

파린이 신이 나서 말했다. 이것이 이야기 속에서 친구들이 하는 일이다. 둘은 파린의 엄마가 티 파티나 샤를 사랑하는 친구들과 하는 모임처럼 클럽을 만들었다. 꼭 집어 다른 점이라면 파린과 사디라의 클럽은 재미있고 유용하다는 것이다. 바보 같거나 무의미하지 않고.

"악마 사냥 클럽. 별 볼일 없는 규칙이나 관료는 없어야 해. 그저 우리가 가는 곳마다 악마가 있나 살펴보고 즉석에서 악마와 협상을 해야 해."

사디라가 맞장구쳤다.

"누구에게도 말하지 않고. 우리는 세상을 보호하지만 아무도 그 사실을 몰라. 사람들은 그냥 평상시대로 살아가는 거야. 고등학교도 아직 마치지 않은 아름다운 여학생들 덕분에 이제 막 끔찍하고 영원한 죽음에서 구원받았다는 사실은 전혀 모른 채 말이야."

파린이 말을 받았다.

"그리고 네 책에 우리가 겪은 모험을 모두 쓰는 거지. 단, 이야기책처럼 말이야. 그러면 그게 진짜라는 걸 아무도 몰라. 너 『셜록 홈즈』 속 왓슨 박사 같다."

파린이 소스라치게 놀랐다.

"셜록 홈즈 알아? 너희 아빠가 그런 책 읽어도 된대?"

사디라가 웃었다.

"우리 아빠는 성직자이고 매우 신실하시지. 그래서 사람들은 우리 아빠가 오로지 신에 대해서만 생각한다고 생각해. 글쎄, 물론 아빠가 신에 대해 많이 생각하긴 하지. 우리 엄마는 언젠가 내게 아빠는 고집도 세고 속도 좁다고 하셨어."

"어쩌다 변하셨는데?"

"샤 때문에 교도소에 수감되었지. 아주 오랫동안 철저하게 혼자만 갇혀 있었어. 방에서 나올 수 있었던 유일한 시간은 비밀경찰 세력이 아빠를 고문할 때뿐이었어. 아빠는 자신의 마음과 신앙에 의지하며 끝까지 견뎠지. 그때 아빠는 신께서 우리에게 스스로 배우고 생각할 수 있는 머리를 주신 거라고 결론을 내렸대. 아빠가 없는 그 슬픈 시간을 견뎌 나갈 때, 나는 보이는 거라면 닥치는 대로 읽었어. 그러면 외로움을 느끼지 않을 것 같았으니까."

"너는 이제 다시는 외롭지 않을 거야."

파린이 말했다.

"그럼 약속한 거다. 우리는 이란의 악마 사냥꾼 소녀단이다!"

사디라가 파린의 손을 꼭 잡다가 놔 주었다. 찰나에 지나지 않았지만, 파린은 자신 손이 이제 특별한 힘과 마법으로 충만해진 느낌이 들었다.

둘은 저녁 식사 준비를 마치기 위해 방을 나섰다. 파린은 친구와 함께 즐겁게 요리하며, 집에 가서 요리하는 법을 더 배워야겠다고 다짐했다. 그러면 사디라가 감동하리라.

사디라와 함께 일하면서 파린은 응접실에서 남자들이 하는 대화를 언뜻 들었다. 남자들은 이라크 전쟁과 아프가니스탄 전쟁에 대해 이야기하고 있었다. 토론에 적극 일조하는 아마드의 목소리를 들으며, 그가 밖에 남아 차에 혼자 앉아 있지 않아 다행이라고 여겼다.

랍비는 안식일을 지켜야 한다며 저녁이 다 되기도 전에 집을 떠났다.

저녁을 먹은 뒤, 파린과 사디라는 각각의 일행과 함께 이슬람교 사원으로 갔다. 둘은 예배 시간 동안 다른 여성들과 함께 앉았다. 아마드는 남자들과 있었다.

예배가 끝나고, 두 여자아이들은 남자들이 이야기를 마치고 자신들을 찾으러 올 때까지 기다리러 밖으로 나왔다.

"저 달 좀 봐."

사디라가 말했다.

"저렇게 밝게 빛나는 달은 본 적이 없어. 우리 바로 위에서 환하게 조명을 비춰 주는 것 같네."

파린이 말했다.

이상했다. 사원 밖 광장에는 예배를 보러 온 사람들로 북적였고 거리도 차들로 시끌시끌한 게 분명한데, 왠지 테헤란에 파린과 사디라 단 둘만 있는 것 같았다.

"우리 둘 위에서 빛나고 있어."

사디라가 시계를 보며 말했다.

"아홉 시가 다 되어 가는데. 우리 약속 하나 더 하자. 매일 밤 아홉 시가 되면 달을 보는 거야. 그렇게 하면, 함께 있지 않아도 영혼은 함께 있는 셈이니까."

"아홉 시에 뜨는 달."

파린이 동의했다. 그대로 멈춰 서 있었지만 속으로는 온 광장을 돌며 빙글빙글 춤을 추고 싶었다.

"밤마다."

파린이 약속했다.

그러다 남자들이 나타나자 다시 마법이 풀린 듯했다.

"오늘은 아주 기분 좋게 보낸 것 같군요."

아마드가 집으로 돌아오는 길에 말했다.

파린은 뒤로 빠르게 지나가는 테헤란을 바라보았다.

"최고였어요. 최고로 좋았어요."

대답은 아마드에게 했지만, 이야기는 사디라와 하고 있었다.

창문으로 달이 보였다. 이란을 비추는 환한 보름달.

'사디라도 같은 달을 볼 수 있겠지.'

파린은 시계를 보았다. 이제 막 9시가 되었다.

매일 밤, 매일 밤.

8장

학교 전체가 체육관에 모였다.

모두 서 있었다. 그래야 학생 모두가 한 공간에 다 있을 수 있기 때문이다.

보통 이런 종류의 조회는 밖에서 열리기 마련이지만, 작은 텔레비전을 보려면 야외는 불가능했다.

빛이 희미하게 비치는 체육관에서도 텔레비전은 잘 보이지 않았다. 파린은 같은 반 아이들과 함께 텔레비전을 향해 일렬로 맞춰 섰다. 파골이 엄격하게 감시했다. 사디라는 파린 뒤 세 번째에 있었다.

체육관은 더웠다. 임시로 조회가 소집되어 아야톨라 호메이니가 말하기를 기다렸다. 뉴스 캐스터가 뭐라 뭐라 웅얼거리며 시간을 때우는 동안 사람들은 마냥 기다렸다.

아야톨라가 드디어 모습을 드러내자 저학년들이 들썩이기 시작했다.

"이라크와의 전쟁이 끝났음을 선포하게 되어 비통한 심정을 금할 수 없습니다."

아야톨라가 말했다.

"반복해서 말합니다. 이라크와의 전쟁은 끝났습니다."

체육관에 침묵이 흘렀다. 교장 선생님이 텔레비전 소리를 높였다.

호메이니가 말하는 소리가 커질수록 지지직하는 잡음도 덩달아 커졌다.

"백만 명이 넘는 우리 형제자매들이 이번 분쟁으로 사망했습니다. 수백만 명이 다치고, 수백만 명이 집을 떠나야 했습니다."

아야톨라가 말을 이었다.

"이것은 우리가 시작한 전쟁이 아닙니다. 우리가 원한 전쟁이 아닙니다. 이것은 사담 후세인이 미국을 등에 업고 시작한 전쟁입니다. 이란인 백만 명이 죽었습니다! 따라서 이 끔찍한 전쟁은 축제가 아니라 애도로 마무리해야만 합니다."

그러자 카메라는 이란 대통령의 얼굴을 가까이 잡았다.

"우리는 완전 휴전을 준수하겠습니다."

이란 의회의 대변인이 덧붙였다.

"더 이상 폭력은 없어야 할 것이며, 신은 허가받지 않고 총을 겨누는 행위를 금지할 것이다."

그러자 아야톨라 호메이니가 다시 나타났다.

"전쟁이 끝났다고 해서 이란 혁명에 적이 없다는 말은 아닙니다.

우리 내부에도 사담 후세인 그리고 미국과 결탁한 세력이 있습니다. 그들은 혁명과 이란이 소망하는 걸 배신하는 자들입니다. 나는 이제 그 적들에게 말합니다. 우리가 이룩한 모든 것을 파괴하려는 제국주의 끄나풀과 싸우느라 바빠, 너희에게 신경 쓸 겨를이 없다고, 이 때문에 너희가 안전할 거라고 생각한다면 이것은 큰 오산이다. 이란은 전보다 강해졌고, 이란인 역시 그 어느 때보다 강해졌다. 우리는 국가 내부의 이러한 적들을 끝까지 추적할 것이며, 이란에 사는 모든 이들의 마음에 한 치의 의심도 없도록 상대해 줄 것이다."

연설이 계속되자 파린은 등골이 서늘해졌다. 아무 소리도 내지 않으려고 진땀을 뺐다. 물론 아야톨라 호메이니는 자신에게 대항하여 음모를 꾸미는 자들과 다른 혁명 세력을 염두에 두고 말하는 것이다. 그저 엄마가 했던 것처럼 특권 계층의 여성들이 따분하게 차나 따르고 있는 상황이 아닌 정말 계략을 꾸미는 자들에게 경고하는 것이다.

하지만 아야톨라가 겁박하는 대상이 정말 엄마와 같은 유의 사람들이라면 어떻게 하나? 파린은 엄마가 좋은 인성을 가진 사람이라고는 생각하지 않는다. 엄마는 자선 사업을 하지만 어디까지나 남들이 보고 있을 때 아주 살짝 발을 담그는 정도였다. 그 정도로 엄마를 나쁜 사람이라고 취급할 수 있을까? 엄마는 단지 경박한 행동을 한 것일까? 그렇다고 경솔하다고 꼬집어 말할 수도 없고 또 당연히 범죄도 아니다. 아야톨라가 이란에 사는 경솔한 사람들을 모두 잡아들이게 된다면 교도소는 사람들로 차고 넘칠 것이다. 파린은 그저 엄마가 아야톨라보다 샤를 더 좋아하는 것뿐이라고 생각하지만 그게 정말로 나라를 위험에 빠뜨리는 일이라면 어떻게 할까? 생각이 꼬리에 꼬리를 물고 파린의 머리에 맴돌았다. 아야톨라가 말을 끝내고 화면이 어두워지자, 교장 선생님은 아야톨라가 떠난 자리를 가리키며 학생들에게 경계를 게을리하지 말고 미심쩍은 행동을 보면 어떤 경우라도 당국에 보고하라고 말했다. 파린은 이미 이 이야기를 귀에 못이 박히도록 들었다. 파린이 느낀 서늘한 감정은 숨 막힐 듯한 더위로 바뀌었고, 그만 기절하여 바닥에 쓰러지고 말았다. 학생들의 헉하는 소리와 더불어 파골이 파린의 극적인 반응을 보고 코웃음을 치는 소리가 들렸다. 그러다가 파린은 시원한 천이 손목과 목에 닿는 느낌이 들었다. 사디라가 파린에게 몸을 기울이고 있었고, 파골의 얼굴이 빙글빙글 원을 그리며 파린을 보고 비웃고 있었다.

"네 오빠 중에 몇 명이 전쟁에서 희생되었지? 아빠는 여태 살아 계시니? 너희 집이 폭탄에 맞은 적은 있어?

파골이 묻고는 대답했다.

"아니지. 너에게는 아무 일도 일어나지 않았어. 그러니 일어나. 그렇게 별 볼일 없는 일로 주목을 끌다니 부끄러운 줄 알아라."

사디라가 파린이 일어날 수 있게 도와주었다.

"괜찮아? 왜 그래?"

사디라가 물었다.

"여기서는 말고."

파린이 숨죽여 말했다.

둘은 다시 교실로 이동했다. 선생님은 일찍 수업을 마쳤다.

"여러분 중 상당수가 찾아가야 할 묘소가 많을 줄 압니다."

선생님이 말했다.

"지금은 거리에서 웃고 떠들 시간이 아닙니다. 아야톨라가 말씀하신 걸 되새기세요. 지금은 추도할 시간입니다. 저는 여러분이 이에 준하여 잘 처신하리라 믿습니다."

선생님은 파린을 쏘아보았다. 너무나 불공평했다.

파린은 책가방을 챙기며 파골 몰래 사디라와 말할 기회를 엿보았다. 하지만 파골은 협조하지 않았다. 파골은 사디라와 파린 모두에게 코웃음을 쳤다. 그러다 고개를 홱 재끼며 사디라에게 교실을 나가라는 몸짓을 했다.

사디라는 우선 파린을 힐끗 쳐다보았다. 파린은 사디라에게 가도 좋다며 고개를 끄덕였다.

"드디어 친구가 되어 줄 사람을 찾은 것 같군, 대가를 치를 준비를 하면 좋으련만."

사디라가 밖으로 나가려고 움직이자 파골이 말했다.

"우정의 대가?"

사디라가 말했다.

"좋은 친구는 대가 그 이상이지."

파골은 조롱하는 얼굴을 지어 보였다. 사디라는 파린에게 손을 흔들며 슬쩍 미소를 짓고는 교실을 나섰다.

파골은 문에서 파린을 막아섰다.

"체육관에서 연기 꽤 잘하던데."

파골이 말했다.

"연기 아니야."

파린은 발끈하지 않으려 애쓰며 말했다.

"그냥 기절한 거야. 너무 더워서."

거기서 멈췄어야 했는데, 파린은 말을 덧붙이고 말았다.

"기절이 뭔지는 알지? 사람이 하는 거."

파골이 더 가까이 다가서자, 파린 바로 앞에서 숨소리가 들렸다.

"네가 별 거 아닌 나부랭이라는 걸 잊었나 본데. 넌 네가 뭐 좀 된다고 생각하지. 꼴랑 새로 사귄 친구와 악마에 관한 바보 같은 이야기나 하는 주제에. 네 영혼이 널 보호한다고 생각해? 아무도 널 지켜 주지 않아. 난 내키는 대로 널 무너뜨릴 수 있어."

"너 어째 좀 작아 보인다. 내가 좀 더 자랐나, 아님 네가 줄어들 었나?"

파린이 말했다.

파린의 건방진 태도에 파골은 그저 미소만 지었다.

"최후의 순간이 다가온다 해도 벌레가 할 수 있는 일은 그저 소리를 높여 우는 것뿐이지. 네 자신을 구하려는 시도조차 하지 마. 그 목숨도 오래가지 않을 거야."

"케 세라 세라^{된 대로 되라지}!"

파린은 엄마가 들었던 '도리스 데이^{미국의 가수이자 배우—옮긴이}'의 음악을 인용하며 말했다. 그러고는 파골을 뒤로 민 채 사디라를 찾아 나섰다.

사디라는 학교 운동장에 있었다.

"뭐 때문에 그런 거야?"

사디라가 물었다.

"파골은 만날 자기에게 뭐가 대단한 비밀이라도 있는 것처럼 생각해. 그러면 뭐 자기가 엄청 대단해 보이나 봐."

"그러니까, 체육관에서 무슨 일이었냐고?"

파린은 말하고 싶었지만, 사디라가 어떻게 받아들일지 확신이 서지 않았다.

"잠깐 걸을까? 학교에서 가능한 한 멀리 떨어지고 싶어."

파린이 물었다.

학교가 일찍 파하리라곤 예상하지 않았다. 아마드는 아직 오지 않았을 것이고, 사디라의 아빠도 사디라가 일찍 오리라고 생각하지 않을 것이다. 둘은 걸을 시간을 벌었다.

거리는 이제 막 아야톨라의 공표를 들은 사람으로 막 채워지던 참이었다. 아야톨라의 예상은 맞았다. 승리의 기쁨도, 의기양양함도 없었다. 파린은 나라를 휩쓸고 있는 분위기가 혼돈이라는 인상을 받았다.

"도대체 이게 다 뭐지?"

파린은 사디라에게 물었다.

"우리가 맞서 싸우지 않았다면, 사담이 이란을 완전히 장악해 버렸을 거야. 우리는 싸울 수밖에 없었다고."

사디라가 말했다.

"그런 것 같아. 그렇다고 해서 우리가 얻은 건 없잖아."

파린이 말했다.

"우리 아빠는 전쟁으로 얻은 게 있다면 다시 돌려줘야 한다고 말해서. 왜냐하면 폭력을 통해 얻은 것은 강도짓이나 다름없으니까."

두 소녀는 거리를 지나 언덕 꼭대기에 있는 작은 공원으로 올라갔다. 둘은 의자에 앉았다. 그곳에서는 사방팔방이 다 보였다. 훼손된 종이 한 조각이 바람에 날려 오자 파린이 손을 뻗었다. 요즘에 어디에서나 보이는 불법 전단으로 여성의 권리를 주장하는 종이였다. 용기를 불러 모으려는 양, 파린은 종이를 잘 펴더니 작게 접고는 주머니에 넣었다.

"말할 게 있어. 사실 말하기가 무서워. 왜냐하면 내 말을 듣고 네가 더 이상 친구 안 한다고 할까 봐."

"내가 그런 생각을 하게 만드는 게 뭘까? 나는 상상도 안 가는걸."

사디라가 말했다.

"우리 부모님에 관한 거야. 대부분은 우리 엄마에 관한."

파린이 잠시 말을 끊었다.

"계속해. 괜찮아."

사디라가 말했다.

"기억해. 내가 아니고 우리 엄마야. 샤가 너희 아빠를 감옥에 넣었지. 우리 엄마는 샤를 사랑하셔. 샤가 죽었다고 해도 여전히. 그리고 왕정을 사랑하지."

"그게 다야? 너의 커다란 비밀이라는 게?"

"샤를 사랑하는 여성 모임의 일원이기도 해. 그들은 왕족을 다시 권좌에 앉히려고 하지."

"위험할 것 같은데. 어떻게 그런 일을 다 하시지."

"다 말해 줄게. 알고 싶다면."

사디라는 한동안 말이 없었다. 듣는 데에 동의한다면 파린의 비밀을 지켜 주는 것에도 동의한다는 뜻이었다.

"내게 알려 주기 전에 이게 법에 위반되는 일인지 우선 말해 줄 수 있니?"

파린은 샤의 사진을 집에 거는 일이 위법인지는 잘 몰랐다. 별로 좋은 생각이 아니라는 건 알지만. 정말 법에 저촉되나? 파린은 알 수 없었다. 부모님이 집에 술을 가져다 놓긴 했다. 그리고 그건 불법이다. 서류 가방 아저씨가 가져오는 비디오도 마찬가지고.

"법에 위반되기는 하지. 그런데 뭐 그렇게 대단한 건 아니야. 와인과 위스키를 마시고 불법 비디오를 보는 정도. 내 방에도 불법 비디오가 있어. 하지만 나는 술은 안 마셔. 부모님이 하는 위법 행위는 그게 다야. 그건 확실해. 혁명을 거스르는 행동은 일체 하지 않아. 그러기엔 그다지 똑똑한 분들이 아니라서."

"그래 좋아. 내게 말해 줘."

"우리 엄마는 친구들에게 차를 마시자고 초대를 하셔. 다 모이면 왕가를 어떻게 되돌려 놓을까 이야기를 나누지. 그렇다고 해서 실제로 뭔가 한다고는 생각하지 않아. 그냥 말만 할 뿐이야."

"사람들이 차를 마실 때 넌 뭘 하는데?"

파린은 당황했지만 고백을 여기서 멈출 수는 없었다.

"피아노를 치고 쿠키를 나누어 줘."

"내가 너에게 전화했을 때 했던 일이니?"

파린은 고개를 끄덕였다.

"넌 샤에 대해 어떻게 생각하는데?"

사디라가 물었다.

파린은 어깨를 으쓱했다.

"내가 왜 샤에 대해 생각해야 하지? 나는 여태껏 집에서는 '샤는 훌륭해.' 학교에서는 '혁명은 훌륭해.' 뿐이었다고. 내가 뭘 생각할 수 있었겠니? 나는 그냥 스스로 생각하는 법을 찾고 싶을 뿐이야."

"음, 그럼 이제 그렇게 하자."

사디라가 말했다.

"부모님들은 모두 자기 나름대로의 생각이 있어. 그건 우리 책임이 아니야. 우리 아빠는 리마콩을 무척 좋아해. 내가 아빠의 딸이라고 해서 나도 리마콩을 좋아해야 하니?"

심각한 대화를 하던 중에 너무나 어이없는 질문이 나오자 파린은 웃고 말았다. 사디라도 함께 웃었다.

계속 웃고 있는데 어린 남자아이들로 이루어진 첫 번째 무리가 행군을 하며 지나갔다.

전쟁에서 돌아온 바시즈 소년병이었다.

요 며칠 새 전선에서 돌아온 군인들이 자주 눈에 띄었다. 아이들 대부분은 붕대를 감고 있었다. 누구는 다리를 절뚝였다. 다른 이들은 눈을 부라렸다. 사납고 정신이 나간 눈빛이었다.

소년들은 하나둘 오더니 거리로 향해 지나가던 차들을 막았다. 운전수들이 경적을 빵빵 울렸다. 소년들은 열과 오를 이루어 행진하려는 것처럼 보였지만 율동도 맞지 않았고 대열도 유지하지 못했다. 너무나 많은 아이들이 부상을 입었고 지친 기색이 역력한 걸음걸이로 발을 질질 끌었다.

파린보다 어려 보이는 어떤 소년은 한쪽 눈에 핏물이 밴 안대를 하고 있었다. 소년은 아야톨라의 초상화가 커다랗게 그려진 벽 앞에 섰다.

파린은 사디라에게 보라며 쿡 찔렀다.

소년은 오랫동안 초상화 앞에 서서 남은 한 쪽 눈으로 마냥 바라보기만 했다.

'경례를 하려나 봐.'

대신, 소년은 몸을 굽히고 진흙을 한 뭉치 들어 올렸다. 팔이 뒤로 가더니 그대로 던졌다. 흙이 아야톨라의 얼굴 위에 떨어졌다. 소년은 다시 몸을 굽히더니 흙을 한 뭉치 더 잡았다.

검은 제복을 입은 혁명군이 언덕 위를 올라오는 모습이 보였다.

"저 아이를 잡아갈 거야."

파린이 말했다. 파린과 사디라는 소년에게 달려가 진흙에서 밀어내었다. 둘은 군인들이 지나갈 때까지 소년의 얼굴을 낮추어 숨겼다.

"너 괜찮니?"

사디라가 소년에게 물었다.

"지쳤구나. 우리가 도와줄게."

소년은 몹시 괴로워하며 울음을 터뜨리더니 몸을 비틀고 빠져나갔다. 그러고는 바시즈 소년병 무리로 돌아가 발을 질질 끌며 사라졌다.

잠시, 파린과 사디라는 언덕을 내려가는 소년들의 뒤를 물끄러미 바라보았다.

"세상은 악마가 지배하고 있어."

사디라가 말했다.

"우리는 시간을 낭비해선 안 돼."

파린이 말했다.

"우리 엄마와 친구들은 절대 일어나지도 않을 일을 기다리며 허송세월하지. 나는 그럴 수 없어. 내 인생을 그렇게 보내지 않을 테야."

사디라도 동의했다.

"우리는 삶을 미뤄서는 안 돼. 언제 죽을지도 모르잖아. 언제든지 다른 전쟁이 일어날 수 있다고. 살아 있는 동안에는 그냥 사는 거야. 내게 있어서 그건 뭐든지 최선을 다한다는 걸 의미해. 우리 아빠를 위해 가장 맛있는 음식을 만드는 것, 학교에서 공부를 열심히 하는 것, 나의 가장 친한 친구, 너와 함께 하면서 가장 재미있는 시간을 보내는 것."

"그게 사는 거지."

파린이 말했다.

"내일 당장 죽는다고 해도 우리는 살면서 일하는 거야. 그러면 후회도 없겠지."

순간, 둘은 바시즈 소년병이 왔던 방향으로 고개를 돌렸다. 사디라의 입에서 헉 소리가 나왔다.

눈에 보이는 것이라고는 빨간 머리끈을 두른 소년들이 일렬로

걷고, 절뚝거리고, 비틀거리고, 언덕을 기어오르는 모습뿐이었다. 많은 아이들이 눈물을 줄줄 흘렸다.

사디라는 파린의 손에 자신의 손을 넣었다. 둘은 오랫동안 소년들을 바라보며 함께 서 있었다.

"후회하지 않도록."

사디라가 말했다.

"후회하지 않도록."

파린이 따라하며 친구의 손을 꼭 잡았다. 둘의 손가락이 한데 휘감겨 있어서 누구 손이 누구 손인지 알기 힘들었다.

9장

학교가 웅성거렸다.

파린은 문으로 들어올 때 바로 느낌이 왔다. 교실 분위기에 한껏 에너지가 넘쳐 흘렀다. 여자아이들은 무리 지어 서서 평소처럼 수다를 떨었지만 자세는 여느 때와는 달랐다. 파린이 아이들을 지나가자 서로 착 달라붙어 따돌리는 대신 파린에게 몸을 돌렸다.

파린은 아이들의 얼굴을 읽을 수 없었다.

처음에 파린은 아이들이 자기를 보고 웃는 줄 알았다. 아이들은 누군가를 곯릴 때 항상 그렇게 하니까.

동시에 파린은 또 다른 비극이 일어났나 싶었다. 무엇인가 예상하지 못한. 전쟁이 끝난 지 얼마 되지 않았기 때문이다. 파린은 누가 어떻게 죽었는지 궁금했다.

하지만 그때 무리 중 나이가 좀 있어 보이는 소녀가 나오더니 파린과 악수하려고 손을 내밀었다.

"축하해."

소녀가 말했다.

"뭘 축하해?"

"몰라?"

소녀가 친구들에게 고개를 돌렸다.

"얘, 모른대. 가서 보여 주자."

아이들 무리가 파린을 부드럽게 잡아끌었다. 아이들은 파린의 허리와 팔을 감싸고는 정문 쪽 복도로 향했다.

파린은 보통 옆문을 통해 건물로 들어왔다. 아마드가 데려다 주는 곳과 가장 가까운 곳이다. 건물 가운데에 위치한 정문 근처에는 교장실의 주요 게시판이 있다.

게시판은 방과 뒤 그룹, 벌칙, 반장 모임, 유니폼 판매, 여타 학교에 관련된 일을 알리는 역할을 했다. 또한 중간고사 성적을 붙여 놓는 곳이기도 했다.

아이들 무리가 그곳으로 향하던 순간 파린은 알게 되었다. 생애 가장 짜릿한 승리의 기분을 만끽하게 되리란 것을. 하지만 사디라도 파린과 함께 올 수 있을까? 그 점에 대해선 걱정할 필요가 없었다.

"너는 그 누구도 해낼 수 없던 일을 용케 해냈어."

무리 중 한 명이 말했다.

"네가 파골을 이겼다고."

바로 저곳에, 게시판 바로 위에 보란 듯 있었다. 파린은 평균 91점으로 2등에 올랐다. 사디라는 93점으로 1등이었다. 파골의 이름은 저 멀리 3등에 있었다. 평균 88점이었다.

"저기 1등이 온다! 사디라를 위해 만세 삼창!"

사디라가 학교 안으로 들어서며 게시판으로 다가오자 환호성이 울려 퍼졌다. 아이들이 즉각 사디라를 둘러싸고는 칭찬을 늘어놓았다.

파린은 사디라를 보며 씩 웃고는 벽에 걸린 종이를 다시 뚫어지게 쳐다보았다. 91점 옆에 있는 자신의 이름에서 눈을 뗄 수가 없었다. 전에는 그렇게 높은 점수를 받은 적이 단 한 번도 없었다. 게다가 2등이라니! 파린은 대개 평균에 머물렀다. 딱 선생님의 주목을 끌지 않을 정도로만 공부했기 때문이다. 파린은 노력이라는 걸 해 본 적이 없다.

사디라와 함께 공부하면서 파린의 머리는 전보다 더 잘 돌아갔다. 이번 학기에 파린이 가장 많이 배운 점은 스스로 공부하기였다. 일단 잡생각을 지우고 공부에 집중하는 법을 배우고 나니 그다음은 그다지 어렵지 않았다. 파린과 사디라는 점심시간에 다른 아이들을 피해 체육관 바닥에 책을 펼쳐 놓고 공부했다. 파린은 온 힘을 다해 수업에 집중했다. 저녁에는 사디라에게 전화를 했다. 공부 때문이라는 완벽한 핑계를 대면서. 〈나이트 스토커〉 비디오는 어느새 기억 저 멀리로 사라져 먼지만 쌓여 갔다.

파린은 순간 걱정이 들어 조금 찌르르한 느낌이 들었다. 엄마는 파린이 2등을 했다고 하면 뭐라고 할까? 하지만 생화학에서 점수를 잘 받았다고 한들 엄마가 샤를 복귀시키려는 노력을 꺾지 않을 것이기에 말하지 않기로 했다.

"우리의 노력이 빛을 발했어."

사디라가 말했다.

"내가 해내리라곤 생각도 못했어."

파린이 말했다. 사디라가 씩 웃었다.

"나는 네가 할 줄 알았는데. 그래도 내 위에 올라설 생각일랑 하지 말라고!"

"정말이야? 다음 달에는 내 이름이 가장 위에 있을걸!"

파린이 웃으며 말했다.

이것이 파린과 사디라가 가능한 한 길게 살아 있는 듯한 느낌을 갖기 위한 계획의 일부였다. 공부도 삶의 일부분이므로, 그들은 공부를 해야 한다면 정말 열심히 했다. 체육 시간에 운동을 해야 한다면 정말 열심히 했다. 무슨 일을 하던 둘은 전력을 다했다.

파골이 복도로 들어와 게시판으로 걸어오자 재잘거리는 소리가 일순간 잦아들었다. 하지만 반장이 게시판을 보기도 전에 사디라가 손을 내밀었다.

"축하해, 파골. 3등이야."

"무슨 소리 하는 거야?"

파골이 게시판을 보았다. 얼굴이 돌처럼 딱딱하게 굳었다.

"네가 모범생인 줄 몰랐는걸."

파골이 사디라에게 말했다.

"우리 아빠는 책을 읽는 데 많은 시간을 보내셔. 내게 공부를 가르쳐 주시기도 하고."

사디라가 말했다.

"오! 그렇군. 당연히 그렇겠지. 열심히 했으면 당연히 할 수 있지."

파골이 말했다.

파골이 사디라에게 잘 가라는 투로 손을 흔들었다.

"너, 너 커닝했지."

파골이 파린에게 말했다.

학생들이 일제히 헉하는 소리를 냈다. 누군가에게 부정행위를 했다고 하는 일은 심각한 사안이다. 학교에서 쫓겨날 수도 있다. 부정행위로 망신을 산 학생은 가족까지 도매금으로 불명예를 안는다. 물론 다른 학교로 전학가기도 힘들어진다. 가족들은 가능한 한 조용하고 빨리 결혼을 시켜 버리려고 할 것이다.

파린은 자신도 모르게 주먹을 불끈 쥐었다.

사디라가 둘 사이에 다가왔다.

"파린이 정말 부정행위를 저질렀다고 믿지 않는다는 거 잘 알아. 결국 선생님들이 이런 일이 일어나도록 내버려 두었다는 걸 비난하는 꼴이 될 테니. 매번 1등만 하다가 이번에 3등을 하게 되어 실망했겠지만 이게 더 나아. 이제 모두들 다음에는 누가 최고의 자리에 오를지 기대 만발일 테니까! 파린이 시험 하나만으로 이렇게 높이 올라간 걸 보고 다른 아이들도 그만큼 할 수 있다고 믿게 될 거야. 우리 반도 흥미진진해질 터이니 더 좋지 않니? 학교 입장에서도 더 좋지. 다른 반이 우리 반을 이길 수 있는지 보고 싶어 할 테니까. 혁명에도 바람직하고. 왜냐하면 사람들은 최고의 교육을 받은 여성들의 봉사를 받게 될 테니까."

파골이 어깨를 쫙 폈다.

"네가 혁명에 관해 이야기한 바를 받아들이겠어. 너는 네 노력의 대가를 받았으니까. 너는 전쟁으로 가족을 잃었고 검소하게 살지. 하지만 이 아이는……."

파골은 파린을 손가락으로 홱 가리키며 말했다.

"사람들에게 봉사하려고 하는 게 아니야. 자기 자신만을 위해서 그런 거지. 쟤네 가족은 이기적이야. 저택에 살면서 높은 벽 뒤에 자신의 죄를 숨기고 있지. 쟤 할아버지는 샤와 엄청 친한 친구 사이였다고!"

학생들 사이에서 또다시 헉하는 소리가 나왔다.

"우리는 자신의 친척을 선택할 수 없어. 어떤 나무든 썩은 석류가 몇 개 달려 있을 수밖에 없잖니."

사디라가 조용하고 침착한 목소리로 말했다.

"혁명이 전적으로 추구하는 건 썩은 걸 없애 버리는 일이지. 그런 것과 친구를 맺지 않도록."

파골이 말했다.

아이들 무리는 정적에 휩싸였다. 모욕으로 가득 찬 비열함 그 자체였다. 여느 때나 보이던 치사함을 넘어 사악함마저 보였다. 파린의 심장이 또다시 쿵쾅쿵쾅 뛰기 시작했다. 그러다 사디라의 손이 팔꿈치 안으로 슬며시 들어오는 게 느껴졌다.

"정말 아름다운 날이지 않니. 우리는 세상 꼭대기에 있고."

파린은 사디라의 손등 위에 손을 얹었다. 그러자 화가 서서히 가라앉았다.

10장

그날은 와인처럼 눈부시게 아름다웠다.

파린은 이 문구가 어디에서 왔는지 어쩌다 머리에서 툭 튀어 나왔는지 알 수 없었다. 파린은 와인을 마신 적이 없다. 술이 어른에게 어떤 영향을 미치는지 봐 왔기 때문에 파린은 절대 그렇게 바보처럼 되고 싶지 않았다.

그래도 그 문구는 딱 들어맞았다.

그날은 와인처럼 눈부시게 아름다웠고, 파린의 심장은 기쁨에 겨워 노래했다. 창창하게 맑은 날 파린은 엄마를 뒤로 한 채 고속도로를 내달리고 있었다. 삶은 날이 갈수록 기쁨으로 넘쳐났다.

아빠는 아마드와 함께 앞에 앉았다. 파린은 뒤에 있었다.

차는 테헤란 남쪽으로 향했다. 때로는 길이 막혀 엉금엉금 기어갔고, 때로는 고속도로를 힘차게 나아가며 검문소도 수월하게 통과했다. 강한 바람 덕분에 전날 밤의 탁한 대기는 물러난 상태였다. 공기는 신선했고 하늘은 푸른 데다 파린의 엄마는 두통을 핑계로 집에 남았다.

엄마가 두통을 앓고 있지 않다는 것쯤은 누구나 알고 있었다. 설사 그렇다고 해도 엄마의 두통은 일 년에 단 한 번만 일어나는 기적과도 같은 의학적 현상이었다. 바로 남편의 가족을 방문해야 할 때 말이다.

"가면 분위기만 망칠 거예요."

엄마는 한결같이 이렇게 말했다.

"가서 재미있게 놀다 와요. 아버님과 어머님께 안부 전해 주시고요. 약 먹고 골방에서 시간이나 때워야겠어요."

파린은 엄마가 말 그대로 하지 않으리란 걸 알고 있었다. 아빠도 마찬가지였다. 아빠는 아내가 자신의 가족에 대해 어떻게 생각하는지 알았다. 엄마는 아마 남자 친구 중 하나와 시간을 보낼 것이다. 아내는 남편이 안다는 사실을 몰랐고, 부모님 두 분 중 어느 분도 파린이 그 사실을 알고 있다는 걸 몰랐다.

비밀. 어디에나 있는 비밀.

파린은 아무래도 상관없었다.

수년 전 엄마는 오늘과 같은 연례행사에 마지막으로 갔을 때, 종일 아픈 표정만 지어 보였다. 과장된 몸짓으로 파리를 쫓아내고 먹기를 거부하고 가축 냄새를 맡지 않으려고 향수 뿌린 천을 코에 갖다 댔다.

파린은 엄마가 같이 안 가서 무척 좋았다. 하지만 그날이 좋았던 최고의 이유는 사디라가 파린 바로 옆에 앉아 있었기 때문이다.

파린은 일주일 전부터 계획을 잡으며 사디라의 아빠에게 허락을 구하고 아빠에게도 도저히 거부당하지 않을 묘안을 짜냈다.

"사디라가 전통적 생활 방식에 대해 더 배우고 싶대요."

"네 친구 말이다, 참 재미있는 아이야."

아빠가 말했다. 아빠는 아빠는 건물도 현대식으로 지었고, 라이프 스타일도 모던 스타일이지만 스스로를 전통적인 사람이라고 여겼다. 테헤란 교외로 나가기 위해 사디라를 데리러 갈 때, 아빠가 사디라의 아빠를 만나는 모습을 보며 파린은 그 점을 새삼 떠올렸다. 검소하면서도 편안함이 흐르는 사디라네 응접실을 보며 아빠의 눈빛은 거의 시샘에 가까웠다.

"시라즈¹⁾ᵉⁱᵃⁿ ᵃ다남서부의 도시, 고대 유물이 많다 - 옮긴이에 가 본 적 있어?"

파린은 친구에게 물었다. 사디라는 조용히 앉아 차창을 통해 지나가는 풍경을 감상하고 있었다.

"어릴 때 가 본 것 같아. 기억은 잘 안 나."

"마음에 들거야. 무척 아름답거든."

너처럼. 거의 입에 담을 뻔했다.

사디라는 아름다웠다. 그리고 둘은 이틀을 온전히 함께 보낼 것이다. 학교 따위의 방해를 받지 않고 말이다. 첫날은 파린의 가족을 방문할 예정이고, 둘째 날에는 이란에서 가장 오래된 도시에 가서 정원이며 사원, 커피숍 등에서 시간을 보낼 것이다.

"너희들 괜찮은 거니?"

아빠가 조수석에서 고개를 돌리고 말했다.

"너무 조용해서 창문으로 뛰어내린 줄 알았지 뭐냐!"

파린은 아빠가 농담을 하자 창피해졌지만 사디라는 선선히 받아들였다.

"테헤란이 어쩜 이렇게 커졌는지 감탄하던 중이었어요. 역사 시간에 테헤란이 석류를 키우는 마을에서 시작되었다고 배웠거든요."

"역사 좋아하니?"

아빠가 사디라에게 물었다.

"음, 그럼 이란 역사 중 한두 가지를 이야기해 주마."

아빠는 13세기에 테헤란 인구가 어떻게 늘어났는지부터 이야기를 늘어놓기 시작했다. 당시 몽골의 침략을 받아 감옥에 갇혔던 사람들이 탈출하여 이 지역에 자리를 잡았다는 이야기다. 아빠는 학교를 오래 다니지는 않았지만 책을 많이 읽었고 이때 습득한 지식을 잊어버리지 않았다.

"그 전에, 사람들은 지하에 집을 짓고 살았지. 우리 조상들은 정말 영리하지 않니! 덕분에 여름의 강한 햇살과 겨울 추위를 피할 수 있었지."

아빠는 여기에 착안하여 이란에 지을 수 있는 색다른 건물을 생각해 냈다. 전통적 지혜와 새로운 기술을 접목한 건물이었다.

"이란은 건축 디자인에서 세계 최고고 앞으로 유행을 이끌어 갈 거다."

사디라는 잠자코 앉아서 들으며 심지어는 시의적절한 질문을 예의 바르게 묻기도 했다.

"그리고 태양력 발전도 있지."

"거의 다 왔습니다."

아빠가 답변하는 도중에 아마드가 말했다.

차는 고속도로에서 방향을 틀어 먼지가 자욱한 길로 들어섰다. 가면 갈수록 길다운 길은 사라졌다. 길은 완만하게 둥근 언덕 앞에서 끝났다. 아마드는 소형 트럭과 오토바이, 짐마차 따위 옆에 차를 세웠다. 모두들 밖으로 나왔다.

음식과 선물 상자며 바구니를 내려놓고, 모두 언덕 위로 몇 발자국 올라갔다. 그때 아이들이 외치는 소리가 들렸다.

"왔다!"

바로 그 순간, 남은 오후 시간 내내 파린은 행복의 소용돌이에 있을 것만 같았다.

아빠의 일가친척이 모두 있었다. 고모, 삼촌, 숙모의 자매, 할머니와 할아버지, 배우자 그리고 이름을 일일이 기억할 수 없을 정도로 너무나 많은 사촌들이 나와 있었다.

모두들 파린의 얼굴을 보고 기뻐했다. 사디라도 가족의 일원인 양 따뜻하게 맞아 주었다.

사디라는 사람들과 잘 어울렸다. 여자들과 앉아서 아기와 놀아 주기도 하고, 음식 준비하는 일을 돕는가 하면, 양털을 손질하는 법과 베틀로 실을 짜는 법 등을 배우기도 했다.

"친구 얼굴에 화색이 도는구나."

파린의 할머니가 말했다. 할머니와 파린은 천막 덮개가 드리운 그림자에 함께 앉았다. 할머니는 파린에게 새로 만든 스티치 자수를 보여 주었다.

"사디라는 좋은 엄마가 될 거야."

파린이 웃었다.

"일단 학교부터 졸업해야죠. 사디라는 중간고사에서 1등을 했어요."

"똑똑한 아이인걸."

"비밀 하나 알려 드려요? 전 2등 했어요."

"정말? 역시 우리 손녀야!"

할머니가 파린을 껴안았다.

"그게 왜 비밀이냐?"

"엄마는 제가 주목받길 원하지 않거든요. 엄마 가족 때문에요."

"마음껏 자랑스러워하렴. 네 엄마가 사리분별을 하는 어미라면, 널 자랑스러워할 게다."

사람들은 바닥에 넓게 깔린 양탄자에 앉아 저녁 먹을 채비를 했다. 여성들은 한쪽에 몰려 앉고 다른 쪽에는 남자들이 앉았다. 파린은 할머니의 할머니가 짠 양탄자 위에 사디라 옆에 앉았다. 밤하늘이 바로 저 위에 있다. 그리고 이란 땅은 그 아래에. 사람들은 뜨거운 돌에 빵도 굽고, 염소 고기와 병아리 콩으로 만든 스튜도 먹었다. 분위기는 웃음소리와 이야기 소리, 음악으로 가득 찼다. 사디라는 가족들이 준 산티르로 연주를 했다. 모두들 좋아하는 듯했다.

음악이 잠시 멈추었을 때, 파린의 아빠가 할아버지에게 고개를 돌리고 물었다.

"이제 좀 괜찮으세요? 혼자 남으실 거예요?"

"샤 아래에서도 안 좋았고, 새 정부 안에서도 좋지 않았어. 다 신경 쓰고 싶지 않구나. 이미 내 염소와 양으로도 충분히 골치를 썩고 있단다."

할아버지가 말했다.

"제가 해마다 여쭤잖아요. 다시 말씀드리죠. 우리랑 같이 사시죠. 우리 집에는 방도 많고요. 정 아니다 싶으시면 집을 하나 새로 지어드릴게요."

파린은 이 대화를 매년 들었다. 파린은 할아버지가 아빠의 제안을 거절하리란 걸 알고 있었다.

"안락이나 안전보다 더 중요한 가치가 있다."

파린은 같은 이야기를 또 듣고 싶지 않았다. 사디라에게 사람들에게서 벗어나자는 몸짓을 했다.

"너무 멀리 가지 말거라, 얘들아. 이쪽 언덕에서 때때로 늑대가 얼굴을 비춘단다."

할머니가 말했다.

파린과 사디라는 가족의 시야에서 벗어 나지 않으면서 둘만의 시간을 보낼 수 있는 곳으로 갔다.

"너희 가족이 참 좋아."

사디라가 말했다.

"우리 가족도 널 좋아해."

달이 나무 위로 떠올랐다. 동그란 보름달이었다. 달빛 덕분에 사디라의 얼굴이 반짝였다. 그 모습을 본 파린은 숨이 멎는 줄 알았다.

파린과 사디라 뒤로 가족들이 다른 노래를 부르기 시작했다. 북을 치는 소리가 부드러우면서도 고전적이었다. 플루트 소리가 산들바람을 타고 가까이 오는가 싶더니, 바람이 방향을 바꾸자 멜로디도 다시 저 멀리 흘러갔다.

작은 언덕 꼭대기에 있으니 골짜기 건너편이 보였다. 작은 마을과 유목민 캠프 시설이 손전등과 음식을 만드는 불빛을 받아 반짝거렸다.

파린과 사디라는 세상 맨 꼭대기에 있었다. 둘은 옹졸함과 공포, 증오, 추악함 위에 둥둥 떠올랐다. 주변에는 둘을 깎아내리거나 상처 주는 이도, 발목 잡는 존재도 없었다. 그저 이 세상과 달, 그리고 서로만 있을 뿐이었다.

파린은 무엇이 자신을 그렇게 했는지 알지 못했다. 그 일이 일어나기 전까지는 아무 생각이 없었다. 무슨 일을 하려는지 마음속에 일어나기 전에 몸이 움직였다.

　파린은 사디라 쪽으로 살짝 몸을 돌렸다. 사디라도 이미 파린에게 몸을 조금 돌린 상태였다. 둘의 머리가 서로에게 가까이 다가가며, 부드럽게, 슬며시, 가장 큰 기쁨의 순간에 서로의 입술을 맞부딪히며 키스를 했다.

　그러고 나서 둘은 마냥 앉아 하늘을 가로질러 가는 달을 바라보았다. 둘은 아무 말이 없었다. 달이 그들에게 말을 건넸을 뿐이다.

11장

아침 소리가 텐트 안으로 스며들었다.

경쾌한 소리였다. 아이들이 노는 소리와 사람들이 소소한 일을 하는 소리. 나무 타는 냄새가 텐트의 동물 가죽 냄새와 파린이 덮은 오래된 양털 이불의 퀴퀴한 냄새와 뒤섞였다. 파린은 조금 더 오래 눈을 감은 채 있었다. 이 순간이 더 지속되기를 바라면서.

파린은 할머니 할아버지를 방문할 때마다 언제나 꿀맛 같은 잠을 잤다. 상쾌한 공기 때문인지도 모르겠다. 잠자는 공간을 다른 여자와 아이들과 함께 공유하여 쓴다는 참신함 때문인지도 모른다. 편안한 양탄자와 매트 위에서 말이다.

파린은 서서히 잠에서 깨어났다. 옆에 누군가 바짝 붙어 있다는 느낌이 들었다. 사디라였다. 다른 사람들은 벌써 텐트 밖으로 나가고 없었다. 파린은 얼굴을 사디라의 머리에 묻고 아련한 재스민 향기를 맡았다. 팔로 사디라의 몸을 감쌌고, 사디라도 파린을 감쌌다.

세상에 이보다 더 좋은 곳은 없었다.

"너희 둘 다 서두르는 게 좋을 거야. 안 그러면 음식이 다……."

파린의 할머니가 파린과 사디라 위에 서서 둘이 함께 있는 모양새를 내려다보고 있었다.

할머니의 표정 때문에 둘은 서로 떨어졌다.

"할머니 안녕히 주무셨어요."

파린은 평소와 같은 목소리를 꾸며 내려고 했다.

손은 그대로 사디라에게 가 있었다. 움직일 생각이 없었다.

할머니는 텐트 덮개를 내리고 아주 조용히 말할 수 있을 만치 가까이 다가왔다.

"네 엄마가 돌아가셨다는 이야기를 들었다."

할머니가 사디라에게 말했다. 그러고는 파린을 향해 말했다.

"그리고 네 엄마는……."

말을 끝마칠 필요도 없었다.

"그러니 아무래도 이런 일에 대해 이야기해 줄 사람이 없었겠지."

"무슨 일이요, 할머니?"

"너희 둘은 친구다. 좋다. 좋은 일이야. 하지만 우정은 우정일 뿐이라는 걸 명심해. 이를 부자연스럽거나 추한 일로 만들지 말거라. 너희 둘은 그런 식으로 서로를 잡으면 안 돼. 너희들이 다른 여자아이와 그렇게 행동하면 어떤 남자도 너희들과 결혼하려 들지 않을 게다. 다시는 그러지 마. 너희들이 앞을 망치지 마. 이번 한 번만 눈감아 주마. 몰랐으니까. 두 번 다시는 없다. 너희를 위한 경고야. 이제 내 말을 들었으니 제대로 처신할 수 있겠지?"

할머니는 텐트를 나서며 어깨 너머로 말했다.

"아침밥 다 됐다."

할머니는 둘을 남겨 놓고 나갔다.

"이제 일어나는 게 좋겠어."

파린이 말했다.

둘은 일어나 이불을 개기 시작했다.

"할머니가 무척 화나신 것 같아. 미안해. 네게 화내시지 않았으면 좋겠는데."

사디라가 말했다.

둘은 말없이 나머지 이불을 개고 다른 이불 위에 깔끔하게 정리했다.

텐트를 나서기 직전 파린이 사디라에게 고개를 돌리고 말했다.

"난 미안하지 않아."

둘은 서로를 보며 환하게 웃고는 하루를 맞이하러 나갔다.

파린과 사디라가 다른 이들과 어울렸을 때 전날 밤과 다른 게 없었다. 파린의 아빠는 무척 기분이 좋았고, 여자들은 잔일을 하느라 부산했다. 남자들은 벌써 자리를 잡고 담배를 피우며 담화를 나누었다.

파린과 사디라는 각기 다른 여자들 무리로 가 일을 했다. 사디라는 염소젖을 짜는 여자들과 앉아 젖 짜는 법을 배웠다. 파린은 채소 써는 일을 도왔다.

파린은 양파 더미에서 할머니와 아빠가 다른 이들과 멀리 떨어진 자리에서 심각하게 이야기를 나누는 장면을 보았다. 두 사람이 무슨 말을 하고 있는지는 들리지 않았지만, 아빠와 할머니가 팔로 어떤 몸짓을 주고받는 모습을 쳐다보았다. 두 사람이 파린을 향해 고개를 돌리자 파린은 재빨리 시선을 피했다.

몇 시간 후 파린네 가족과 사디라는 차를 타고 집으로 출발했다.

차 안에서 적막이 흐르자 왠지 불편했다. 두 소녀는 뒷좌석에서 서로를 바라보고 있었지만 둘 다 말할 기분이 아니었다.

'여행을 완전히 망쳐 버리고 만 거야?'

파린은 생각했다. 어떤 말이라도 해야 했다.

"다 괜찮은 거죠?"

오랜 침묵이 흐르고 아빠가 한숨을 내쉬었다.

"아니, 할머니께서 아빠한테 무척 화가 난 모양이구나."

"왜요?"

"네가 사촌 아들과 결혼하는 데에 동의하기를 바라셨거든. 근데 거절했지. 그래서 화가 잔뜩 나셨어."

"할머니가 제 남편감을 찾았다고요?"

"할머니께서 말씀하시길 아빠로서 네 결혼을 성사시킬 의무가 있다고 하시더구나. 그리고 만약 내가 그 의무를 따르지 않으면, 할머니께서 하시겠다고. 난 싫다고 했지. 그래서 화가 나셨어. 그래도 다른 아이보단 괜찮긴 했지만."

"어떤 남자인데요? 어디가 이상해요?"

"남자아이는 괜찮은 것 같아. 진지하고 부지런하지. 그 아이에게 악감정은 없다. 네 엄마가 내게 화내는 것보다 할머니가 내게 화내는 게 더 낫겠지. 네 엄마의 의사도 묻지 않고 이 결혼을 추진하면, 엄마가 어떻게 나올 것 같니? 그리고 그게 내 친척 중 누군가라면? 안 돼. 나는 네 할머니를 일 년에 한 번, 기껏해야 두 번 보기 때문에 할머니가 화가 나도 살 수 있어. 하지만 네 엄마는 지금도 충분히 벅차단다."

안심이 되어, 파린은 사디라를 보며 웃었다.

아빠가 웃었다.

"우리 지금 휴가 중이지 않니? 그러니 재미있게 보내자꾸나. 아마드, 라디오에서 뭐 좀 들을 만한 거 없나?"

아마드는 터키 음악 방송국에 주파수를 맞추고 소리를 키웠다. 차는 고속도로를 따라 속도를 높였고 다시 즐거운 휴가로 되돌아갔다.

시라즈에 다다르자, 아마드는 아자디 공원에 차를 세웠다.

"나는 업무상 볼일이 있단다."

아빠가 말했다.

"아마드는 나와 함께 갈 거란다. 둘이 함께 즐거운 시간을 보내다가 두 시까지 돌아올 수 있겠지? 테헤란까지 돌아가려면 차에 꽤나 오래 앉아 있어야 할 거다."

"저 어디로 가야 하는지 알아요. 시내에 있을게요."

파린이 말했다.

아빠가 꽃 정원과 의자로 둘러싸인 동상을 가리켰다.

"저 의자에서 만나자."

아빠는 파린에게 돈을 쥐어 주었다.

"점심 맛있게 먹고 조심히 놀아."

파린과 사디라는 차에서 내려 남자들이 차를 몰고 떠나는 모습을 바라보았다.

"우린 자유야."

파린이 말했다.

"낯선 도시에 오롯이 우리만 있다고. 게다가 돈도 있어. 우린 뭐든지 다 할 수 있다!"

파린은 사디라의 손을 잡고 에스파한 게이트 다리를 건너 구도시로 향했다.

파린이 기억한 대로 시라즈는 아름다웠다. 정원에는 꽃이 만발했고 카페는 하루를 즐기려는 사람들로 북적댔다. 또한 가게에는 책이며 옷, 예쁜 볼거리 천지였다.

식당에 앉아 점심을 먹으며 시간을 보내기가 너무 아까워, 파린과 사디라는 노점에서 간식거리를 사서 걸어 다니며 먹었다. 둘은 샤프란 아이스크림을 다 해치우고는 하피즈[^1]의 묘로 향했다.

"내가 정말로 여기에 와 있다니! 내가 처음 읽는 법을 배웠을 때 하피즈의 시를 읽은 적이 있거든. 그리고 지금 여기에 왔네."

사디라가 말했다.

수영장과 정원이 대리석으로 조각된 정자를 둘러싸고 있었다.

아치형 입구 아래 펼쳐진 커다란 책이 지나가는 사람들을 맞았다. 사원을 찾은 방문객들은 한 사람씩 다가와 책을 닫고는 무작위로 페이지를 열고 또 열었다. 책에 뭐라고 쓰여 있는지 자세히 보려고 몸을 굽혔다.

"우리도 팔레 하피즈할까? 나 올 때마다 이거 하고 싶었거든. 그런데 전에는 막상 하려고 해도 왠지 때가 아닌 것 같더라고."

파린이 넌지시 말했다.

파린과 사디라는 자신의 미래를 점치려고 기다리는 사람들 줄로 갔다.

옛날부터, 하피즈의 책을 임의로 열고, 특히 이 사원에서, 눈을 감고 손가락을 페이지 위에 갖다 대면 거기에 쓰인 말이 미래를 알려 줄 것이라고 한다.

둘은 앞에 있는 사람들이 글을 읽고 보이는 반응을 지켜보았다. 누군가는 행복해 보이고 누군가는 당혹해했다. 어떤 여자는 글을

[^1]: 이란의 서정 시인으로 시라즈에서 출생했다─옮긴이

읽고 꽤 화가 난 표정을 짓더니 황급히 자리를 뜨고 말았다.

파린과 사디라의 차례가 되자 사디라가 말했다.

"우리 같이 하자. 난 언제고 네 친구이길 바라니까, 우리 미래가 어떻게 될지 같이 보자고."

둘은 두꺼운 책을 덮었다. 그러고는 함께 책을 젖혔다. 눈을 감고 손을 꽉 움켜쥔 채 손가락을 책으로 가져갔다. 둘은 동시에 손을 위대한 시 구절에 갖다 댔다.

"네가 읽어."

사디라가 말했다.

파린은 글씨를 더 잘 보려고 몸을 구부렸다.

"그 어떤 죽음도 사랑 안에 생생히 살아 있는 심장을 침범할 수 없으리. 우리의 영원불멸함은 삶이란 책에 아로새겨 있느니."

파린은 다시 몸을 쭉 폈다.

"내가 읽어 본 구절 중 가장 아름다워."

둘은 그 뒤로 말을 많이 하지 않았다. 사원 뒤에 있는 정원을 거닐다가 꽃과 새들이 둘러싸고, 벤치에 앉아 책을 읽고 있는 사람들과 풀밭에 소풍을 왔던 가족들이 있는 곳에 어우러져 앉았다. 그날은 차분하면서도 평화로웠다.

"우리의 남은 삶은 이렇게 될 거야. 함께 있으면서 열심히 공부하고, 그다음에 기회가 있을 때마다 이렇게 벤치에 앉아서 조용히 지내는 거지."

파린이 말했다.

"정말 더할 나위 없는걸. 결혼할 필요도 없어. 대학에서 학위를 딴 뒤 전문직에 취직해서 돈을 버는 거야. 그러면 다른 사람에게 폐를 끼치지도 않을 거야. 정말로 행운이 가득한 삶이 될 거라고."

사디라가 말했다.

파린과 사디라는 정원에 있을 수 있을 때까지 있다가 아빠를 만나러 서둘러 공원을 빠져나왔다.

아빠와 아마드가 둘을 기다리고 있었다.

"회의가 일찍 끝났단다. 걱정마라. 약속에 늦은 건 아니니까. 재미있게 보냈니?"

모두들 차로 돌아와 시라즈를 떠났다. 교통 체증이 심해 그들은 천천히 갈 수 밖에 없었다.

"다음 번에서 차를 돌리지."

아빠가 아마드에게 말했다.

"마을을 통과하면 여기서 북쪽으로 난 고속도로에 차를 올릴 수 있을 거야. 어쩌면 길이 확 뚫려 있을 수 있어."

그들은 고속도로를 벗어났다.

황금빛 바위와 모래가 여기저기에 부서져 있었다. 작은 유목민 캠프와 양 떼를 모는 양치기도 있었다. 사람들이 길을 따라 죽 늘어선 곳을 따라가자 작은 집들이 나왔다. 그곳에서 방향을 틀자 상대적으로 큰 집이 나왔다.

아마드가 모퉁이를 돌자 사람들이 모여 있는 모습이 보였다.

"돌아가."

파린의 아빠가 말했다.

"이게 뭔지는 모르지만, 알고 싶지도 않아."

아마드가 좁은 길에서 차를 돌리려고 낑낑댔지만 공간이 도저히 나질 않았다. 뒤따라오던 차가 파린 일행의 차를 뒤에서 바싹 막아 버리자 차는 옴짝달싹하지 못하게 되었다.

파린의 아빠가 차 밖으로 나와 교통정리를 하려 했지만 소용없었다. 길 한 편에서 혁명군 소속의 하얀 트럭이 속도를 높여 다가왔다. 다가왔다. 방위군이 차 뒤에서 뛰어내리고는 사람들에게 차에서 내리라고 명령했다. 그중 한 명이 창문 너머로 파린의 얼굴에 총을 들이댔다.

"아가씨, 밖으로 나가 사장님과 함께 서세요."

아마드가 말했다.

"군인이 하라는 대로 하세요, 당장! 아무렇지도 않다는듯 움직여요. 급하게 굴지 말고요."

파린과 사디라 모두 차에서 내렸다. 둘은 다른 이들 무리에 들어갔다. 사람들은 길을 따라 이리저리 떠밀리다가 마을 안으로 들어섰다. 파린의 아빠가 두 소녀를 보호하듯 감싸 안았다.

"무슨 일이에요?"

파린이 물었다.

"조용히 해라. 눈에 띌 만한 행동은 하지 마. 우리를 체포한다는 말은 하지 않았으니 그냥 조용히 저 사람들이 시키는 대로 하거라."

혁명군은 사람들을 마을 광장으로 몰아넣었다. 아빠는 파린과 사디라가 무리들 가운데 키가 큰 사람들 뒤에 서서 눈에 띄지 않도록 했다. 파린은 머리카락이 한 올이라도 나오지 않았는지 점검했다. 군은 다른 데에 정신이 팔려 있었지만 말이다.

건설용 기중기가 광장 가운데에 있었다. 그 주위에서 군인들이 기다리고 있었다. 모두들 검은색 옷을 입고 검은 모자와 마스크로 얼굴을 가렸다.

파린은 사디라의 손을 꼭 움켜잡았다. 파린은 볼 수가 없었지만, 군들이 조용해진 걸 들었다.

군인 몇몇이 확성기로 뭐라 소리를 질렀지만, 워낙에 윙윙거려서 도대체 뭐라고 하는 건지 알 수 없었다.

기중기가 위로 휙 올라갔다. 줄 끝에는 건물을 철거할 때 부수는 쇠공 대신에 한 남자가 달려 있었다.

손은 등 뒤로 묶여 있었고 다리도 한데 묶여 있었다. 얼굴은 그대로 드러나게 해 모두들 남자가 마지막으로 숨 넘어가는 고통을 목도할 수 있게 만들었다. 남자는 이리저리 흔들리다가 몸을 꼬았다. 자신을 조이는 올가미에서 벗어나려고 헛된 시도를 하다가 다리를 휙 잡아당기며 몸을 마구 돌렸다. 두 번 휙, 세 번, 다섯 번. 파린은 수를 세다가 도중에 잊어버렸다.

남자가 죽는 데에는 오랜 시간이 걸렸다.

　혁명군이 확성기로 더욱 알 수 없는 연설을 해 대더니, 사람들을 해산시켰다. 아빠가 파린과 사디라를 데리고 자리를 떠났다.

　차로 돌아올 수 있어서 정말 다행이었다. 혼란 그 자체였던 짧은 시간을 뒤로 하고 차는 다시 길로 들어섰다.

　사디라는 테헤란으로 가는 길 내내 파린의 손을 꼭 잡았다.

12장

"다른 이들 위에 존재하려 하지 마십시오. 이에 내 심장에 촉구하오니……"

그날은 학교에서 여는 '루미 데이'였다.

가장 어린 학생들이 무대 위에 올라 짧은 구절 몇 개를 연습하고 있었다.

학생들의 시선은 선생님에게 꽂혀 있었다. 선생님은 얼굴 가득 미소를 담고 학생들이 단어를 잊고 더듬거릴 때마다 다독여 주었다.

파린의 학교에서는 수학과 과학에 중점을 두었다. 이 학교는 많은 학생들이 약학을 전공하길 원했기 때문이다.

"하지만 문화를 향유하지 못하는 지식은 반쪽짜리 사람만 만들뿐이지요."

교장 선생님은 신입생 학부모에게 학교를 구경시켜 주는 자리에서 곧잘 이렇게 말하곤 했다.

"여러분의 자녀들은 구구단뿐만 아니라 페르도우시, 루미페르도우시와의 친미주의 시인 옮긴이, 하피즈도 알게 될 것입니다."

한 학기에 한 번씩, 학교에서는 시적 지식을 뽐내는 자리를 마련했다. 부모와 관료들이 초청받았다. 파린의 아빠는 일하러 가야 했고 엄마에게는 물어보기 귀찮았으므로, 파린의 부모님은 두 분 다 참석하지 않았다.

사디라의 아빠도 없기는 마찬가지였다.

"우리 아빠는 내가 시를 읊을 수 있다는 걸 잘 아시지."

사디라가 말했다.

발표자의 나이가 많아질수록 읊어야 하는 시의 길이도 늘어났다. 파린은 자신의 반 순서가 가까워질수록 점점 더 긴장했다.

파린은 솔로몬 왕의 회의에 관한 긴 시를 배정받았다. 새들이 하나같이 다른 목소리로 지저귄다 해도 그 뜻을 다 이해한다는 내용이었다. 시가 전달하고자 하는 메시지는 아무리 다른 언어로 소통한다고 해도 중요한 말은 다 통하게 되어 있다는 것이었다. 긴 시였지만 파린은 별로 걱정하지 않았다. 무엇인가를 암기한다는 것은 단순한 집중력의 문제였다. 파린은 시를 앞으로도 뒤로도 다 암송할 수 있었다. 하지만 파린은 여전히 수심이 가득했다. 파린은 배정받은 시가 아닌 다른 시를 발표할 계획이었기 때문이다.

시라즈에 여행을 다녀온 뒤로, 파린의 머릿속을 가득 채운 무언가가 있었다.

파린은 사디라와 사랑에 빠졌다.

이 외에 달리 설명할 길이 없었다. 아침에 일어나면 제일 먼저 떠오르는 사람, 잠들기 직전 제일 마지막까지 떠오르는 사람 모두 사디라였다. 매일 밤 아홉 시만 되면 파린은 달을 보러 밖으로 나가 키스를 날리고 친구에게 전해 줄 비밀을 속삭였다.

교실에 사디라가 없으면 텅 빈 것처럼 느껴졌다. 사디라와 함께 있으면 교실이 아무리 북적인다 해도 오직 사디라 하나만 있는 것 같았다. 둘이 아무리 많은 시간을 같이 보낸다 해도 항상 가는 시간을 붙잡고 싶었다.

파린은 자신이 느끼는 감정을 사디라에게 용기 내어 말하고 싶었다. 둘이 함께 공부를 할 때, 파린이 고백을 하려 다가가면 사디라는 삼각법 문제를 풀어 달라거나 유프라테스 강의 수원지가 어디인지 아느냐고 물어보기 일쑤였다. 둘은 학교 공부에 대해 주로 이야기를 나누었고, 정작 중요한 말을 하려고 하면 혀가 묶이는 기분이 들었다. 도저히 말을 할 수가 없었다.

오늘, 파린은 굳게 다짐을 했다. 모두 앞에서 고백하기로 작정한 것이다. 파린이 사디라에게 느끼는 감정, 사디라를 보면 얼마나 행복한지 아주 분명하게 보여 줄 방법으로 말이다.

사디라가 같은 감정을 느낄지 아닐지는 그 다음이었다.

파린은 고백을 시 발표 시간에 할 작정이었다.

처음에는 자작시를 써 보려고 했다. 하지만 사디라를 향한 아픔과 기쁨을 적절하게 묘사해 낼 수 없었다. 고전시를 찾아보기도 했지만 결국은 루미의 시로 돌아갔다.

물론 학교에서 지정해 준 시는 아니었다.

파린의 반 순서가 되었다. 파린은 급우들과 함께 무대 위에 올라 합창 대열로 섰다.

합창이 끝나고 파린이 앞으로 나아갔다. 파린의 순서였다.

파린은 무대 한가운데로 걸어갔다.

파린은 사디라의 얼굴을 정면으로 바라보며 시 암송을 시작했다.

"강렬한 사랑, 우리가 나누는 강렬한 사랑은,

얼마나 멋지고, 훌륭하며, 아름다운지,

여기 한 줄기 햇빛과도 같은 사랑이 우리들을 얼마나 따뜻하고, 따뜻하게 해 주는지,

하지만 실제로 어떻게 숨었는지, 숨었는지……"

사디라의 눈이 반짝반짝 빛나며 입가에는 미소가 가득했다.

"……다시 한 번, 그리고 또 다시 한 번, 이 얼마나 미칠 것 같은 열정인가……."

체육관 문이 벌컥 열렸다. 혁명군 열댓 명이 총을 겨눈 채 학생들을 헤치며 쿵쿵 지나갔다.

여학생들이 비명을 질렀지만 군인들이 총으로 학생들을 옆으로 밀어붙이며 조용히 하라고 소리치자 이내 잠잠해졌다.

"무슨 권리로 여기에 쳐들어온 것이오?"

교장 선생님이 성큼성큼 걸어가 부대장이 쥔 총을 옆으로 밀어 치웠다. 나무로 만든 자보다 더 강한 것은 없다는 듯한 태도였다.

"우리가 갈 곳은 우리가 정하오, 당신에게 그걸 설명할 이유는 없어."

부대장이 말했다.

"말조심하시지요."

교장 선생님이 말했다.

"여기는 학교입니다. 이 아이들은 우리 학생이고요. 나는 이 학생들의 교장입니다. 아이들에게 할 말이 있으면 나에게 얘기하세요."

혁명군은 교장 선생님을 무시한 채 무대로 행군하듯 걸어갔다.

파린은 너무나 큰 충격을 받아 꼼짝도 못 하고 있었다. 급우 중 하나가 파린을 뒤로 끌어 같은 반 무리로 데리고 왔다.

혁명군 우두머리가 큰 소리로 말했다.

"이 일을 주종한 학생이 누구야?"

부대장은 주머니에서 접힌 종이를 꺼내 펼치고는 들어 올렸다. 여기저기에 떠돌아다니는 여성의 권리에 관한 선전문이었다.

"이 학교 학생이 이 일을 모의했다는 첩보를 입수했다. 누가 이 따위 짓거리를 했는지 밝혀야 한다, 지금 당장 나와."

교장 선생님이 무대 위로 올라섰다.

"나는 교장이오."

교장 선생님이 재차 말했다.

"이 일은 내게 맡기시오. 범인을 찾아 우리가 당국에 넘기겠소. 여기에 있는 학생들은 어린 여학생들이오. 당신은 어린 학생들을 상대로 겁박하고 있소."

우두머리가 교장 선생님을 세차게 밀자 선생님이 무대 바닥으로 쓰러졌다. 파린이 가장 가까이에 있었다. 생각할 겨를도 없이 파린은 교장 선생님에게 다가가 일으켜 세우느라 부축했다.

"다시 묻는다. 누가 이런 짓을 했는가?"

아무도 앞으로 나서지 않았다.

"아무도 자수하지 않는다면 내가 누가 주모자인지 직접 밝혀내겠다."

부대장은 빙글 돌더니 무대 위 자신의 뒤에 있던 학생들 무리를 바라보았다. 그러다 학생들마다 가까이 다가가더니 얼굴을 뚫어져라 쳐다보고는 다음으로 옮겨 갔다. 파린에게 다가서자 부대장이 멈춰 섰다.

"네가 교장을 일으켰지."

부대장이 말했다.

"네가 이 선전문을 썼나? 네가 '샤를 무너뜨린 이란 여성은 그저 아야톨라에게 배신을 당할 뿐'라고 썼는가?"

파린은 너무 무서워 말이 나오지 않았다. 부대장은 이 전에 만난 그 누구보다도 크고 목소리가 쩌렁쩌렁하고 야비했다. 말을 하려

해도 도저히 입이 떨어지지 않았다.

"데려가."

부대장이 자신의 병사에게 말했다.

병사 두 명이 파린의 팔을 잡고 무대 아래로 질질 끌어 내렸다.

파린이 발버둥쳤지만 파린을 붙잡은 손아귀에서 빠져나올 방법이 없었다. 사디라가 우는 소리가 들렸다. 선생님이 학생들을 멀리 끌어내는 소리와 교장 선생님이 부대장과 다투는 소리가 들렸다.

그러더니 또 다른 목소리가 귀에 들어왔다.

"내가 그 선전문을 썼어요!"

목소리가 어찌나 크고 강력한지 다른 소리를 덮고도 남았다.

군인들은 파린을 끌다 말고 뒤를 돌아보았다.

무대 한가운데에 서 있는 사람은 학생 회장인 라비아였다.

학생들이 모두 얼어붙었다.

"내가 그 선전문을 썼다고요."

라비아가 반복하여 말했다.

"내가 스스로 쓰고 인쇄했어요. 날 도와준 사람은 아무도 없어요. 내가 그 일의 책임자이고, 나는 그 안에 쓰인 문구 하나하나를 지지합니다. 제 어머니는 혁명을 위해 싸우셨고 그러다가……."

라비아가 그다음 뭐라고 입을 여는 순간 혁명군이 라비아를 에워싸며 입을 막았다.

파린은 라비아가 끌려갔을 때 흘러나오던 말 몇 개를 들었다.

'자유'와 '권리를 위한 투쟁' 같은 말이었다.

라비아는 인기가 많았다. 학생들 무리가 라비아를 따라갔다. 선생님들이 혁명군과 떨어뜨리려 여학생들을 막아섰지만 허사였다. 혼란 속에서 군인들이 파린을 잡은 팔을 놓쳤다. 그와 동시에 파린은 획 나가떨어져 학생들 무리에 휩싸였다.

이제 파린은 학생들의 물결 속에서 여느 교복 하나에 지나지 않았다.

파린은 사디라를 찾았다. 그들은 학생 무리 속에서 벗어나려 했지만 너무 늦었다.

라비아는 잡혀갔다.

13장

삼각법은 관심 밖이 되고 말았다.

파린과 사디라는 바닥에 앉아 있었다. 책은 여느 때처럼 여기저기에 널려 있었지만 둘 다 공부할 생각은 하지 못했다.

라비아가 체포당한 뒤, 여학생들은 각자 소속된 반으로 되돌아갔다. 루미 데이 발표회는 끝나고 말았다. 그 뒤에는 평소처럼 수업이 진행되었다.

선생님들은 수업을 재개하려 했지만, 파린이 보기에 그 누구도 귀를 기울이는 것 같지 않았다. 드디어 점심시간이 되어 파린과 사디라는 체육관으로 몸을 피했다.

"혁명군이 라비아를 어떻게 할까?"

"뭔가를 썼다고 해서 어떻게 하지는 못할 거야."

사디라가 파린의 생각을 읽은 듯 말을 꺼냈다.

파린이 말을 받았다.

"어떻게 선전문이 나라를 해친다는 거지? 정부는 교육이 중요하다고 언제나 말하지만 그게 무엇을 의미하는지 잘 모르는 것 같아. 그들은 우리가 그들의 말을 따르기를 바라지만 정작 우리는 교육을 받고 생각할 힘을 얻게 되니까. 일단 생각하기 시작하면 그에 따른 의견을 찾게 되고."

"라비아를 사형에 처하지는 않을 거야. 그것뿐 아니라 고문도 하지 않을 거야. 우리 아빠에게 그랬던 것처럼 그냥 라비아에게 설교 좀 늘어놓다가 겁을 주겠지. 그것 가지고 교수형에 처한다는 건 말이 안 돼. 라비아는 진짜 똑똑하잖아. 이란은 똑똑한 여성이 필요해."

파린과 사디라는 삼각법 책을 다시 집어 공부하는 시늉을 했다. 평소와 다름없는 척 수업 준비를 했다.

파린은 책을 뚫어져라 쳐다보았지만 머릿속에 들어오는 건 아무것도 없었다. 사디라 역시 다른 학생과 말할 때 파린처럼 아무 생각이 안 나는지 물어보려 했다.

"네가 암송하려던 시가 뭐야? 새에 관한 시를 읊으려던 게 아니었어? 정말 좋은 시 같더라. 방위군이 들어와서 멈춘 나머지 부분도 기억나니?"

사디라가 말했다.

"다 기억나지."

파린이 말했다.

"나한테만 한 번 읊어 줄래?"

체육관 바닥은 그다지 좋은 장소가 아니었다. 파린은 일어서서 손을 내밀었다. 그러고는 사디라를 일으켜 세운 뒤 무대로 데리고 갔다. 친구가 걸터앉을 만한 스툴이 보였기 때문이다. 그런 다음 파린은 그 앞에 서서 시를 암송했다.

파린의 입술에서 흘러나오는 시에는 그동안 표현하지 못했던 벅찬 사랑과 열정이 가득했다. 낭송이 끝난 뒤, 사디라가 스툴에서 일어나 파린의 손을 잡았다.

둘은 마치 같은 마음, 같은 심장, 같은 목소리로 얘기하듯 같은 감정과 경탄을 담아 말했다.

"사랑해."

그리고 둘은 서로 얼싸안았다.

파린은 테헤란 위 저 하늘을 둥둥 떠다니고 있었다. 사디라도 파린을 사랑한다니! 이 놀랍고도 아름다우며 천사 같은 소녀가 자신을 사랑한다니! 파린은 모스크의 탑과 탑 사이를 뛰어다니며 노래하고 춤추고 싶었다. 그러면서 사디라가 자신을 사랑하고 자신도 사디라를 사랑한다는 사실을 이란 곳곳에 큰 소리로 퍼뜨리고 싶었다.

둘은 계속 키스를 나누었다. 그때 문에서 쾅 하는 소리가 들렸다.

둘은 그곳에 자신들만 있다고 생각했다. 하지만 누군가 보고 말았다.

9시에 뜨는 달

제
3
부

14장

"제가 봤어요."

물론 이 말을 한 사람은 파골이었다. 그럴 수밖에 없었다. 학생들이 갈 만한 곳을 모두 점검하여 골칫거리가 수면 위로 떠오르지 않도록 하는 것이 반장의 임무이니까. 때로 불법 패션 잡지를 갖고 있던 학생들을 적발하기도 했다. 어쩔 때에는 차도르를 〈블라인드 걸스 블러프〉라는 게임에 나오는 것처럼 대충 써서 머리를 그대로 드러낸 후배들을 발견하기도 했다. 비행을 적발하지 못하는 날에는 어떻게든 만들어 냈다. 이를테면,

"여기가 화요일에는 학생 출입 금지 구역인 거 몰라? 나가. 다음에 또 여기서 잡히면 그땐 교무실로 불려 갈 줄 알아."

이런 식이었다.

"삼각법을 예습하고 있던 중이었어."

사디라가 말했다.

"체육관에서 공부해도 된다고 허락받았어. 우리 책이 다 펼쳐져 있었잖아. 그리고 조용해서 방해받지 않고 공부할 수 있다고."

"공부하고 있지 않았잖아."

파골이 말했다.

"잠깐 쉬고 있었을 뿐이야. 조회 때 제가 낭송하려던 시를 듣고 싶어 했거든요. 그래서 기지개나 좀 펴려고 무대 위로 올라갔어요. 시도 루미가 지은 시였어요. 루미 데이였으니까."

파린이 말했다.

그러면서 파린은 엄마와 아빠에게 살짝 고개를 돌렸다. 파린의 부모님은 불편한 모습으로 교장실에 앉아 있었다. 사디라의 아빠도 함께 있었다. 사디라의 아빠가 앉은 의자가 조금 더 편해 보였지만, 결단코 파린의 부모님보다 표정이 좋은 것은 아니었다.

파골이 말했다.

"완전 역겨웠어요. 제가 본 거요. 여자아이들 사이에서 절대로 일어나선 안 되는 그런 일이었어요. 쟤네들은 미쳤어요."

파린은 엄마가 입을 열자 깜짝 놀라고 말았다.

"내 딸은 미치지 않았어요. 파린은 이 학교에 몇 년이나 다녔죠. 내가 어렸을 때, 그러니까 그 전에 나도 이 학교에 다녔어요. 저 반장이라는 아이가 어디 출신인지는 모르겠지만 단언하건대 여기에 미친 여자아이가 있다면 내 딸은 절대 아니죠."

엄마의 말은 별로 도움이 되지 않았다.

엄마는 여기 이 자리에 강제로 오게 된 데에 화가 나 있었다. 엄마는 야만인이나 버르장머리가 없는 이들에게 호출당했다고 생각했다. 또한 사람들의 주목을 끌지 말라고 그토록 일렀는데도 결국 일을 이렇게 만든 파린에게도 무척 화가 나 있었다.

파린의 아빠도 부글부글 끓어오르기는 마찬가지였다. 아빠는 교장실로 들어온 이래 파린의 얼굴을 한 번도 쳐다보지 않았다.

파린은 부모님이 화가 나도 적당히 넘어갈 수 있었다. 특히 엄마가 화가 날 때에는. 집에서도 항상 일어나는 일이기 때문이다.

하지만 그보다 두려운 것이 있었다. 그것은 할머니가 말했던 것과 연관이 있어 보였다.

"자녀분들을 졸업시킨 뒤에 어떤 계획을 갖고 있는지 여쭤 봐도 될까요?"

교장 선생님이 물었다.

"파린이 어떤 대학에 지원할 것인지 묻는 겁니까?"

파린의 아빠가 물었다.

"남편을 말하는 거잖아요."

엄마가 말을 가로챘다.

"정혼자가 있는지 알고 싶어 하는 거예요. 그 문제는 교장 선생님이 관여할 바가 아니라고 말하세요."

"직접 말씀하셔도 됩니다."

교장 선생님이 말했다.

"저는 지금 어머님 바로 앞에 앉아 있으니까요. 아직 결혼 계획을 잡지 않으셨다면 서두르시기를 바랍니다. 결혼 계획을 세웠다면 날짜를 앞당기길 권합니다. 이 아이들은 참 똑똑해요. 도리에 맞는 결혼을 하면 비정상적인 기질이 가라앉을 겁니다. 공부를 계속할 수도 있겠지요. 학교 수업 속도를 높여서 몇 개월 안에 졸업 시험을 치를 수 있게 조치하겠습니다. 그러면 결혼 전에 졸업할 수 있을 겁니다."

파린은 공황에 빠지고 말았다. 이 작은 방에서 너무나도 많은 일이 일어나고 있었고 이 모두가 파린의 통제 밖에 있었다.

사디라의 아빠는 사디라의 결혼을 밀어붙일까? 부모님은 파린이 결혼을 하도록 바라지 않을 것이다. 생각해 보라. 부모님은 현대적이면서도 서구적 사고방식을 지녔다. 할머니가 파린의 남편을 정해 주려는 모습을 보고 불같이 화를 내던 아빠가 아니었던가?

사디라는 사디라 아빠 옆에 고개를 푹 숙인 채 서 있었다.

파린은 결혼식을 추진하지만 않는다면 무슨 일이든 하겠다고 맹세했다. 파린과 사디라는 서로를 사랑한다. 둘은 언제까지고 함께이어야 했다.

'도망쳐야겠어. 엄마에게서 돈을 훔치고 아마드더러 터키로 데려다 달라고 해야지.'

파린은 생각했다.

파린은 사디라와 함께 말을 타고 사막을 가로질러 가는 모습을 머릿속에 그려 보았다. 밤에 걸어서 국경을 넘고, 조용히 살금살금 국경 경비군의 눈에 띄지 않게 기어가는 모습을.

공상에 푹 빠져 있던 파린은 교장 선생님의 목소리를 듣고 깜짝 놀라고 말았다.

"우리 학교에서 이런 일은 절대 용납할 수 없습니다. 이미 우리 지역 사회의 남자들 중에서는 우리가 여학생들을 교육하여 똑똑하고 자신감 넘치게 만들면 결국 꼴사나운 골칫거리가 될 거라고 생각하는 이들이 있어요. 우리가 이런 부도덕한 일을 하도록 내버려 두었다는 말이 퍼지면 우리는 곤경에 빠지고 말 겁니다."

"부도덕하다고요?"

이 순간에는 입을 다물고 있는 게 최선이라는 걸 알면서도, 파린은 그대로 입 밖에 쏟아 내고 말았다.

"우리는 서로 사랑해요. 다른 이들에게 해를 끼치지도 않고요. 우리 일을 왜 다른 사람들이 상관해야 하는지 모르겠어요."

"저는 저 둘을 모두 퇴학시킬 수밖에 없습니다."

교장 선생님이 파린의 말은 무시한 채 말을 이었다.

"하지만 저 둘은 톱클래스이고 앞이 창창한 학생들이죠. 지금 저 아이들이 겪고 있는 이 상황은 그저 치기 어린 감정일지도 몰라요. 그러니 속성 과정을 밟을 수 있도록 몇 달간은 학교를 다닐 수 있게 조치하겠습니다. 하지만 근신 처분은 받아야 합니다. 이 이상 사달이 일어나면 그땐 저도 어쩔 수 없습니다."

"당국에 보고하지 않을 거예요?"

이번에 입을 연 사람은 파골이었다. 한눈에 봐도 무척 실망한 표정이었다.

"보고하지 않는다. 그리고 지금 이 자리에서 여러분 모두에게 말하건대, 파골이 이 문제를 수면 위로 끌고 와서 매우 감사할 따름입니다. 우리 학급 반장들의 눈과 귀가 아니면 학교가 제대로 기능할 수 있을지 의문일 정도예요. 파골, 더 많이 수고하길 바란다."

파골이 몸을 쭉 폈다.

"얼마든지요, 교장 선생님."

"네 급우 중 몇 명을 정해 네 직무 대행을 했으면 한다. 네가 저 아이들을 항상 지켜볼 수는 없으니까. 너도 네 공부를 해야 하고 개인적인 일도 있을 테니. 학생 모둠을 만들어 돌아가며 파린과 사디라를 감시하도록. 그리고 어떠한 위반 행위라도 있을 시에는 즉시 내게 보고하도록. 할 수 있겠지?"

"네, 물론입니다. 교장 선생님."

"파린, 사디라 이건 내 결정이다. 너희는 이 학교에 계속 다닐 수 있다. 물론 너희는 뛰어난 성적을 거두겠지. 교실에서 학교 수업에 관한 일 외에 너희 둘은 서로 말할 수 없고 서로 만나서는 안 되며 함께 공부해서도 안 된다. 솔직히 말해서 너희를 위해 특별히 만든 수업 과정을 따라가려면 학교 공부 외에 딴 생각을 할 틈도 없을 게다. 다시는 둘이 함께 있지 않도록 해라. 알겠지? 지금 당장 동의하겠다고 말해, 그렇지 않으면 퇴학이다."

둘은 별다른 선택권이 없었다.

"네, 교장 선생님."

파린이 말했다.

사디라는 그저 동의한다는 뜻으로 고개만 끄덕였다.

"내가 강조하고 싶은 것은 이 이상 위반 행위가 적발된다면 단순 퇴학보다 더 가혹한 처벌이 내려질 것이고, 그러면 너희들의 학문적 미래도 끝이라는 것이다. 이런 식의 행동은 자연의 섭리에 어긋나며 공익에도 위배된다. 너희들이 내 말을 잘 알아 듣길 바란다. 다른 질문 있나?"

아무도 질문하지 않았다. 교장 선생님이 손짓으로 나가라는 표시를 하자 모두 자리를 나섰다.

사디라는 파린의 얼굴도 보지 않고 아빠와 떠났다.

파린은 사디라의 이름을 부를 용기가 도저히 나지 않았다.

차를 타고 집으로 돌아가면서, 파린은 마치 몸이 밧줄에 묶여 집에 가까워질수록 점점 더 조여 오는 느낌이었다. 집에 다다르자 파린은 자신이 악법의 덫에 걸렸다는 느낌이 들었다.

엄마는 파린을 따라 파린의 방으로 들어왔지만 문이 완전히 닫힐 때까지 아무 말도 하지 않았다.

"네가 뭔가 나쁜 일을 저지르리란 걸 알고 있었다. 그런데 이런 일이라고는 상상도 못했다. 우리가 네게 얼마나 잘해 줬는데, 어떻게 키웠는데 이렇게 되갚아? 그냥 아빠가 나서서 너와 그 친척 아이가 결혼하도록 내버려 둬야겠다. 그러면 너는 염소 떼 가운데서 살면서 이젠 나와 상관없는 아이가 되겠지. 나는 그냥 그렇게 흘러가도록 내버려 둘 거야. 네가 죽어 버린다면 더 좋을지도 몰라. 내 가족에게 이걸 어떻게 얘기하면 좋지? 나야 네 관심 밖이라 쳐도, 네 아빠를 생각하면 네가 이런 식으로 행동하면 안 되지. 너는 괴물에 미치광이야. 우리 가족에게 수치를 주고 주의를 끌 만한 짓을 한 번이라도 더 한다면 나는 앞으로 너와의 관계를 끊겠어. 네가 알아들었는지 묻지도 않겠다. 너는 똑똑하니까. 이해하겠어?"

거기까지 말하고 엄마는 방을 나서며 문을 닫았다. 잠시 뒤 아다가 상자를 몇 개 들고 오더니 파린의 비디오테이프며 음악 카세트, 책 등을 모조리 담았다. 아다는 파린의 물건을 몽땅 가져가며 파린에게 눈길조차 주지 않았다.

파린은 혼자 남았다. 파린은 침대로 가 울음을 터뜨렸다.

그날 밤 파린은 창문 옆에 앉았다. 9시의 달은 보이지 않았지만, 지금 하늘 위에 떠 있다는 건 알고 있었다. 파린은 사디라가 잊지 않기를 바랐다.

15장

파린에게

네가 나를 용서하길 바라며 이 편지를 쓴다. 이건 우리를 떨어뜨려 놓는 규칙에 위반될지도 몰라. 하지만 좋은 규칙은 아니잖니! 펜과 종이 로라도 너와 연락하지 못한다면 내 인생은 완전히 엉망진창이 될 거야.

네가 언제 이 쪽지를 보게 될지 모르겠다. 보기라도 할까? 네가 탈의 실 사물함을 언제 한 번씩 정리하는지도 모르겠고, 눈에 띄지 않을 정 도로 작게 꼬깃꼬깃 접어 놓았으니 못 보고 지나칠 수도 있겠지. 종이 쓰레기로 잘못 알고 버릴 수도 있고.

하지만 이런 일은 일어나지 않으리라 굳게 믿어. 너를 향한 나의 사 랑을 펜에 담아 꾹꾹 눌러 썼으니까. 그 사랑이 네가 이 쪽지를 보게 이끌 거야. 너는 절대 이걸 못 볼 수 없을걸.

네가 대답하기 싫다 해도 난 이해해. 엄청난 모험이니까. 네가 더 이 상 날 사랑하지 않는다면, 모든 희망은 사라져 버릴 거고 나 자신은 어둠 속으로 빠져 버리겠지. 난 너를 알게 된 순간 하나하나를 아직도 소중히 간직하고 있어.

사랑해. 오직 너를 향한 사랑만이 날 기쁨으로 이끌 거야. 다음에 무슨 일이 일어나든지 간에.

내 모든 사랑을 담아.

사디라

사랑하는 사디라에게

네 편지가 날 이끌었어. 편지 쓸 생각을 다 하다니 너 정말 대단하다! 넌 정말 사랑스럽고 강해. 네가 나를 사랑한다는 건 기적과도 같은 일이야. 난 이 점에 대해 매일매일 감사한단다.

요즘에 난 생각할 시간이 무척 많아. 집은 고요하지. 부모님은 가정부를 시켜서 내가 즐겨 보던 것들을 싹쓸이해 가셨어. 내 텔레비전이며 <나이트 스토커> 테이프, 책, 라디오, 카세트 플레이어 모두. 날 벌주려고 그러신 거야. 하지만 결과적으로 내게 친절을 베푼 거나 다름없어.

이제 내가 가지고 있는 것이라곤 악마 사냥에 관해 내가 쓴 책과 너와 나눈 추억뿐이야. 이게 내 인생에서 가질 수 있는 전부라도 괜찮아. 하지만 이 세상을 지배하려는 악마에게 몸을 숙일 생각은 없다고!

내 사랑, 언제나 너만을 생각하고 있다는 사실을 알길 바라.

우리는 방법을 찾게 될 거야…….

사랑을 담아,

파린

사랑하는 파린에게

파골의 어린 졸개들이 자신이 맡은 역할을 어찌나 좋아하는지 날 한
시도 내버려 두지 않는구나! 네게 쪽지를 보내려고 몇 번이나 시도해
봤지만, 내가 기회를 명확하게 잡은 순간마다 파골의 후배들이 어디선
가 나타나 날 콱 움켜잡아.

그 아이들은 내 주위를 깡충깡충 뛰며 웃지.

"어딜 가시나요, 사다라? 파린 만나러 가는 거에요?"

걔네들이 그렇게 물을 때면 나는 왠지 부끄러워져. 잘못한 것도 없는데
말이야. 하지만 우리는 부끄러워할 짓을 하지 않았어. 저 아이들은 자기
가 맡은 일이 뭔지도 모를 정도로 어려. 그저 남을 밀고하는 데에만 빠
져 있을 뿐. 저 아이들이 나중에 커서 어떤 인물이 될지 두려워. 이란의
미래도 그렇고.

우리는 그 누구도 해치지 않았어. 나라나 혁명에 반하는 그 어떤 일도

하지 않았다고. 두 소녀가 서로 사랑하는 일이 혁명에 위협이 된다면, 혁명이 그 정도 가치밖에 없는 셈이지. 새로운 혁명을 위한 시간이라고! 이 쪽지 꼭 전해 줄게! 반드시!

사랑을 담아.

사디라

추신 : 내가 기침을 세 번 하면,

"사랑해."라고 말하는 거야.

.

나의 사랑하는 사디라

오늘 아침 반장 모임에 나온 파골은 역겨움 그 자체였어. 그 재수 없는 모임의 딱 한 가지 좋은 점은 너와 조금 더 가까이 있을 수 있다는 거지.

어떻게든 널 안고 싶어! 널 안은 기억은 있지만, 그걸 과거에 머물게 하고 싶지는 않아. 너와 미래도 함께하고 싶어.

사람들에게 우리 관계가 진지하고 그저 같이 있고 싶을 뿐이라는 걸 알릴 수 있는 방법이 반드시 있을 거야. 우리에게 가해진 일에 대항할 수 있는 방법을 몇 가지 생각해 봤는데, 저마다 문제가 좀 있어.

단식 투쟁을 할까 했는데 곧바로 접었어. 누가 알아줄까 확신이 서지 않았거든. 알아챈다 해도 신경이나 써 줄까 싶고.

공부를 하지 않겠다고 버텨 볼까도 싶었어. 이것도 그다지 좋은 생각 같지가 않아. 그러면 우리 부모님은 내 결혼을 더 앞당겨 버릴걸. 졸업을 못 하면 선택권도 그만큼 줄어들어. 인생이 어떻게 끝나든지 말이야.

누군가에게 탄원하는 방법도 있지. 어디 가서 하면 좋을까? 서로를 사랑하는 우리를 싫어하지 않고 함께 있게 해 줄 만한 힘이 있는 사람이 누굴까? 그런 사람은 없는 것 같아.

도망갈 수도 있어. 저 멀리. 테헤란 아니면 이란을 떠날 수 있는 방법을 찾아야겠지. 어디로 가야 할지 아직 잘 모르지만 사람들이 우리를 내버려 둘 장소가 어딘가에 분명히 있을 거야. 우릴 그냥 내버려만 둔다면······.

결국, 부모님이 악마 사냥에 관한 내 글도 제멋대로 가져가 버렸어. 이제 내 글은 사라지고 없어. 다 불타 버렸다고. 부모님은 나에 대한 모든 것을 싫어해.

사랑을 담아,
파린
추신 : 기침 세 번 ? 이 세상에서 가장 숭고한 음악인걸!

사랑하는 파린

네가 알려 준 걸 모두 다 생각해 봤는데 너와 같은 결론에 이르렀어. 소리칠 순 있겠지만 아무도 귀 기울이지 않겠지. 굶을 수도 있겠지만 아무도 눈치 채지 못할 거야. 학업을 거부한다 해도 결국 우리만 손해를 볼 뿐이야.

사라져 버리는 게 최선일 수도. 아무도 신경 쓰지 않겠지. 우리를 없애 버려서 좋아할지도 몰라. 우리 아빠는 이미 날 죽은 사람처럼 취급해. 우리가 사라져 버리면 다른 사람들이 알게 뭐람? 우리는 자식도 없고 남편도 없고 책임질 일도 없어. 우리가 같이 살고 싶다는데 누가 뭐래? 하지만 철없는 생각이야. 우리는 아이처럼 굴면 안 돼.

이게 왜 다른 사람들이 상관해야 하는 문제인지는 모르겠지만, 실제로 그래. 그리고 떠나려다 붙잡히면 정말이지 엄청나게 나쁜 일이 일어날 거야.

빠져나갈 길이 보이지 않아. 우리가 떠난다면 사람들은 우리를 찾아낼 거야. 우리가 그냥 여기에 머문다면, 우리는 불행하게 끝을 맺을 거고. 널 사랑한다는 사실만이 여전히 가치 있구나.

사랑해.

나디라

추신 : 책이 그렇게 되어 정말 안 됐다. 다시 쓸 기회가 오길 빌게.

나의 사랑하는 사디라

네가 너무 슬프고 풀이 죽은 게 싫어. 너는 밝은 음악과도 같으며 재스민 향기가 나고 또 그냥 전부 다 좋아. 네게 그림자가 드리워져서는 안 돼. 네 고운 얼굴에 매서운 바람이 단 한 줄기라도 스쳐서는 안 된다고.

나는 9시에 떠오르는 달을 보았단다. 달을 보면 당연히 행복해야 하는데, 어쩐지 차갑고 잔인해 보였어. 마치 함께 있지 못하는 우리들을 놀리듯이 말이야.

널 만나야겠어. 쪽지를 주고받는 일은 너무 위험하고 변수도 많아. 쪽지가 괜히 잘못 가면 어떻게 하지? 네가 어제 물리학 숙제를 나눠 주는 일을 맡았을 때 내 책상을 지나가면서 쪽지를 슬쩍 놓고 갔잖아. 그게 유일한 기회였어. 네 용기에 두고두고 감탄한다.

내가 비밀리에 만날 계획을 세운다면 어떨까? 감수할 수 있겠니?

내 모든 사랑을 담아,

파린

사랑하는 파린

나 너무 외로워! 엄마가 살아 계셨다면 날 도와주셨을 거야. 장담할 수 있어.

날 기쁨으로 이끌곤 했던 학과 수업들은 이제 비운의 색채만 남았어. 수업을 하나하나 마칠 때마다 너와 함께한 공간에서 떠나야 할 날들이 점점 다가오는 거니까. 내 삶의 낙은 너를 힐끗힐끗 보는 일, 수업 시간에 대답을 하는 네 목소리를 듣는 일, 그리고 내 신호에 보내 주는 너의 짧은 기침 소리야.

학교를 졸업하고 나면 그마저도 끝나고 말겠지. 널 다신 볼 수 없을 거야.

너를 다시 볼 수 없다면, 나는 죽은 거나 마찬가지야.

그러니 널 볼 수 있다면 무슨 짓이든 할게.

사랑해.

사디라

사랑하는 사디라

지난번 그 사태가 일어난 뒤로 한동안 부모님은 자신들이 열던 그 바보 같은 모임을 중단했어. 하지만 이제 다시 열 거야. 두 분은 서로 좋아하지 않거든. 그런데 두 분 말고 달리 이야기를 나눌 사람이 없으니 진절머리가 나기 시작한 거지.

나는 아주 얌전하게 지내고 있어. 엄마에게 말대꾸도 안 하고, 아빠에게선 멀리 떨어져 있지(아빠는 아직도 내게 말을 안 한단다). 나는 내 공부에만 전념하고 불평하지 않아.

아마 부모님은 나에 관해선 다 잊어도 된다고 생각할지도.

부모님은 10월 31일에 유치한 파티 하나를 열 예정이야. 올해 가장 우스꽝스러운 파티일걸. 저녁에 집에서 몰래 빠져나올 방도가 있겠니? 내가 아마드에게 널 내 방으로 몰래 데리고 와 달라고 부탁했어. 내 방에서 몇 시간 보낸 뒤, 네 아빠가 네가 없어진 걸 알기 전에 다시 집으로 돌아갈 수 있을 거야.

어떻게 생각해?

사랑해,

파린

사랑하는 파린

우리 아빠는 내게 거의 관심이 없어서 내가 집에 있는지 없는지도 모를 것 같아. 나랑 밥도 같이 안 먹으려 하는걸. 그래도 아빠가 드실 음식을 준비해서 쟁반에 놓고 방에서 나가야 해. 그러면 그제야 아빠가 주방으로 와서 쟁반을 가지고 당신 방으로 가서 밥을 드시지.

너도 알다시피 집 밖으로 빠져나갈 수 있는 유일한 문이 우리 아빠 방에 있어. 하지만 내 방 창문을 통해 도망칠 수도 있을 거야.

내가 언제 어디에서 아마드를 기다려야 하는지 알려 줘. 거기 가 있을

게. 단 몇 시간만 같이 있을 수 있다 해도 다시 앞으로 나아갈 수 있다는 희망을 잔뜩 품게 될 거야.

너와 나는 하나의 인격체야. 우리 부모나 미래의 남편, 혁명이라든지 뭐 그런 것들의 소유가 아니라고. 물론, 우리는 이 나라의 문화, 역사, 사회 안에서 태어났으니 우리의 일부는 항상 그러하겠지.

하지만 가장 중요한 것은 우리가 앞으로 어떻게 살아야 할지 주체적으로 결정할 권리가 있는 인간이라는 거야. 우리의 삶은 우리 거야. 각기 단 하나의 삶을 가지고 있다고. 우리는 부모님과 혁명에 빚을 지고 있지만 모든 걸 다 빚지지는 않았어. 그리고 그들이 원하는 모든 것도……. 나는 널 선택했어. 단지 네가 멋지고 나를 사랑한다는 이유뿐만 아니라…….

나는 널 선택했어. 너를 선택한 그 행위는 내 자신의 것이니까. 스스로, 내 선택, 내 의지에 의해.

나는 내 아빠 대신, 내 조국 대신 널 선택했어.

그리고 네가 더 이상 날 원하지 않는다 해도 난 널 선택할 거야.

왜냐하면 너를 선택하는 일은 내 자신을 선택하는 일이 되니까.

시간과 장소를 알려 줘, 내 사랑. 거기 가 있을게.

내 모든 사랑을.

사디라

· 16장 ·

"생일 축하합니다!"

파린의 집 응접실에 모인 어른들이 레자 팔라비의 사진 앞에 잔을 높이 들었다. 팔라비는 샤의 장남이자 왕세자로, 파린의 엄마에게 있어 다가올 문명화 시대의 가장 큰 희망이었다.

'왕자의 옷깃에 차 얼룩이 있네.'

파린은 생각했다.

옛날 사진이었다. 사진 속 왕자는 여전히 어린아이였다. 사진을 보호하는 유리가 끼워 있었지만 지난 생일 파티 때 깨져 버렸다. 누군가 술에 취해 사진을 올려놓은 작은 테이블로 발을 헛디디는 바람에 테이블 위의 모든 것이 박살났기 때문이다. 그때 주변을 치우다가 차 몇 방울이 사진으로 튀고 말았다.

파린은 예쁘게 차려 입고 술안주를 담은 쟁반을 들고 돌아다녔다. 오늘의 메뉴는 바람개비 모양 샌드위치였는데, 서류 가방 아저씨가 가져온 옛 〈레이디스 홈 저널〉 잡지에서 따온 것이었다. 모두들 이 작은 샌드위치가 얼마나 기발한지 열변을 토했다. 파린도 하나 먹어 보았다. 별로 특별하지 않았다.

파린은 쟁반을 들고 돌아다니며 계속 문을 주시했다.

얼굴 가득 웃음 지으며 순종적으로 행동하기. 이것이 파린이 그 옛날 질문조차 제대로 할 수 없을 정도로 아주 어린 때로 돌아갔다는 것을 보여 주기 위해 부모님에게 행하는 방식이었다. 엄마는 파린의 고분고분한 모습이 진짜 모습이라고 받아들이는 듯했다. 딸에게 이것저것 주문했고 파린이 시키는 대로 다 해도 별로 놀라워하지 않았다.

파린의 아빠는 교장실에 다녀온 이후로 파린에게 한 번도 말을 걸지 않았다. 파린은 아빠에게서 되도록 멀리 떨어져 있었다.

오늘 밤만 해도 아빠는 사업 동료와 함께 서서 농담을 주고받으면서 파린이 음식을 들고 와도 알은척하지 않았다. 파린은 자신이 당한 모욕을 거의 눈치 채지 못했다. 다른 생각에 빠져 있기 때문이다.

파린은 응접실 문이 열릴 때마다 사디라가 나타나기를 기다리며 눈을 돌렸다. 하지만 아다가 음식을 더 가져 오거나 새로운 손님이 문을 열었을 뿐이었다.

'뭔가 잘못되고 있나 봐.'

그래도 얼굴에 미소를 감추지 않았고 목소리도 한껏 예의 있게 낮췄다.

'이 바보 같은 사람들아, 그저 내게서 음식이나 받고 학교에 대해 고리타분한 질문이나 하고 있지. 당신들에게 걱정거리가 있기는 해? 당신들은 이제 막 부모님에게 제대로 뒤통수를 치려는 한 여자아이의 대접을 받고 있다고. 일이 제대로 돌아간다면 말이지. 그런데 안 될 것 같아, 안 될 것 같다고. 사디라는 오지 않아. 다신 볼 수 없을 거야.'

잠시 뒤 문이 다시 열리더니, 아마드가 안으로 들어왔다.

아마드는 파린에게 하는 듯 마는 듯 고개를 끄덕였다. 다른 사람들은 알아채지 못한 눈치였다.

"아마드, 무슨 문제 있나?"

파린의 아빠가 아마드에게 다가갔다.

"사장님, 세차를 마무리하였고 내일 쓸 준비도 마쳤다는 걸 보고 드리러 왔습니다."

"당연히 그래야지, 그게 자네 일 아닌가?"

"네, 사장님"

"그럼 손님들 눈에 띄게 어슬렁거리지 마."

아마드가 문을 닫고 떠났다. 파린은 쟁반에 음식을 채우느라 바빴다. 작은 페이스트리를 정리하느라 눈을 떼지는 않았지만 아빠가 자신을 보고 있다는 걸 알 수 있었다. 아빠의 신발이 파린에서 겨우 몇 발자국 떨어져 있었기 때문이다. 그것도 방향이 바로 파린

쪽이었다.

파린은 페이스트리를 계속 정렬했다. 아빠의 눈을 쳐다보다가 아빠가 자신의 비밀을 알아챌까 두려웠다.

드디어 아빠 친구 중 하나가 아빠를 부르자 신발 방향이 바뀌더니 반대쪽으로 걸어갔다.

파린은 조금 더 오래 머물며 즐겁게 수다도 떨고 피아노를 치면서 노래도 몇 곡 불렀다. 그러다 온 관심을 독차지한 파린이 짜증이 났는지 엄마는 발언을 하기로 했다. 그제야 파린이 자기 방으로 빠져나갈 기회가 생겼다.

눈 깜짝할 사이에 파린은 2층으로 올라가 자기 방에 들어갔다.

순식간에 사디라가 파린의 팔을 감쌌다.

둘은 아무 말도 않은 채 서로를 안으며 심장 고동에 맞춰 몸을 살랑살랑 흔들었다.

사디라가 말했다.

"너무 보고 싶었어. 너와 함께 있지도 못하고 같이 말도 못하다니, 고문이야."

누군가 문고리를 잡고 흔들자 둘은 후다닥 떨어졌다. 문이 잠겼다는 건 알았지만, 그래도 겁을 주기에 충분했다.

"여기가 화장실인가요?"

복도에서 어떤 여자가 물었다.

"화장실은 1층 현관 옆에 있어요."

파린이 대답했다.

"파린, 어머나, 너였니? 너 정말 예쁘더라. 부모님이 복도 많으시지."

파린은 목소리를 듣고 누군지 알아차렸다.

"고맙습니다 하페즈 아주머니. 저 이제 자려고요, 좀 피곤해서요."

"예쁜 꿈 꾸렴, 아가씨."

하페즈 부인은 이렇게 말하며 스스로 재치 있는 농담을 했다고 생각한 듯 웃었다. 부인의 웃음소리는 1층으로 내려가는 내내 들렸다.

"하페즈 부인은 즐거운 밤을 보낼 거야."

파린이 말했다.

"왕세자의 생일 파티를 축하하고 있거든."

"왕세자는 여기 없잖아, 그렇지?"

사디라가 물었다.

"너희 엄마가 샤를 추종한다는 얘기는 들었지만 왕자를 여기에 두면……."

파린이 웃었다.

"걱정마. 왕세자는 혁명 전에 미국으로 건너갔으니까. 여기에 있는 왕자는 차 얼룩이 진 옛날 사진이야. 혁명에 그 이상 반하는 일도 없지."

사디라가 침대 한편에 앉았다.

"내게 화가 나지 않았으면 좋겠어."

"네게 화를 낸다고? 결코 네게 화낼 일은 없어."

파린이 사디라 옆에 앉으며 말했다.

"내가 무슨 짓을 했는지 알면 아마 화를 낼걸."

파린이 무슨 뜻으로 하는 말인지 막 물어보려는 순간 책장 옆에 있는 커다란 가방이 눈에 들어왔다.

"나 떠나. 정말로 떠난다고. 원래 계획은 아마드가 아침에 날 학교에 먼저 데려다 주고 그다음 집에 와서 널 태워 주는 거였지. 아무 일도 없었던 것처럼. 하지만 난 떠나야 해. 아빠가 내 결혼 계획을 잡아 놓았어. 결혼식은 다음 달이야. 내가 졸업하도록 내버려두지도 않을 거라고!"

사디라가 말했다.

파린은 사디라 옆에 앉아 어깨를 감싸 안고는 자신 옆에 바짝 붙였다.

"우리 아빠는 교장실에 다녀온 뒤로 내게 말도 안 해. 단 한마디도. 다시 우울하던 시절로 돌아가고 말았어. 지금은 상태가 더 안 좋아. 날 알은체 하지도 않아. 난 그저 우리 집에 붙어 사는 유령 같다고."

파린은 팔로 친구를 토닥였다.

"아빠가 랍비 사이드와 말다툼을 할 때 내가 결혼하게 된다는 걸 알았어. 랍비는 아빠를 설득하여 단념하게 하려 했지만, 아빠는 들으려고 하지도 않았어. 두 분이 다투다니? 정말 끔찍해! 내가 두 분의 우정까지 망가뜨렸어. 내가 지은 죄 목록에 하나가 더 추가된 거야."

파린은 생각하느라 바빠 뭐라고 대답할 수가 없었다.

"네가 떠난 걸 언제쯤 아실까?"

"저녁까지는 모르시겠지. 그 뒤에 쟁반에 음식이 없다면⋯⋯."

사디라가 말했다.

"아예, 모르실 수도 있고. 학교에 다녀가신 뒤 때때로 밖에서 음식을 사 드시기도 하니까. 그저 내가 보기 싫어서. 내가 테헤란 밖으로 빠져나가도록 도와줄 수 있겠니? 정말 미안해. 너도 나름대로 부모님 때문에 힘들 텐데."

"네가 떠난다면, 나도 같이 갈 거야."

파린이 말했다. 그 점에 대해선 생각할 필요도 없었다. 그들은 당연히 함께해야 하니까!

사디라는 파린을 얼싸안고 안도한 듯 흐느꼈다. 파린은 사디라의 어깨를 토닥이며 진정시켜 주었다. 하지만 잠깐뿐이었다. 해야할 일이 너무 많았으니까.

"계획을 짜야 해. 돈도 필요하고."

파린은 방에 돈이 얼마나 있나 궁금했다. 파린은 엄마가 현금을 어디에 숨겨 두는지 알고 있었다. 그 돈은 가난한 사람에게 나누어 주거나 혹시 모를 때를 대비해 식료품을 살 용도로 놔둔 것이다. 파린은 파티가 끝나고 모두 집에 가거나 잠이 들었을 때 손에 넣을 요량이었다.

'부모님 돈을 가져가야겠어.'

파린은 마음먹었다.

그 방법이 그다지 마음에 들지는 않았지만 어차피 자기가 여기에 있다 해도 돈은 계속 들 테니까, 파린은 합리화했다.

학교 비용이며 옷, 음식, 그리고 파린을 결혼시키려면 역시 돈이 필요하다. 오늘밤 부모님에게서 가져가는 돈이 얼마든 자신이 계속 여기에 있으면서 드는 돈보다는 적을 것이다.

얄팍한 구실이라는 건 알지만 어쩔 수 없다. 둘이 도망을 간다면 어떻게 살든지 간에 돈이 필요하다. 가능한 한 많이.

"나 금 가져왔어."

사디라가 목에 드리워진 얇은 금 목걸이를 가리키며 말했다.

여자아이들은 생일이나 새해, 이드 이슬람교의 주요 축제 중 하나 - 옮긴이 등 특별한 날에 금으로 된 보석을 선물로 받기도 한다. 이건 대부분 결혼할 때 지참금으로 쓰인다.

"현금이 더 좋을 거야. 하지만 금도 괜찮지."

파린이 말했다.

파린은 미리 준비해 둔 음식과 음료를 꺼냈다. 둘은 침대에 앉아 먹으며 계획을 짰다.

"나는 이 일을 하는 데에 아마드를 끼우고 싶지 않아. 지금까지는 믿음직했지. 일꾼들에게 음식을 가져다주는 일을 두고 내가 아빠에게 일러바칠 수도 있다는 걸 알거든. 하지만 이 일은 너무 커. 아마드의 도움 없이 빠져나갈 방법을 찾아야 해."

그러기엔 산 너머 산이었다. 여자아이들이 밖에 혼자 있는 경우, 등하교 시간에 교복을 입고 있다면 별 문제가 되지 않지만 수업시간 외에 평상복을 입고 있으면 바로 혁명군에게 심문을 받고 체포당하기 십상이다.

둘을 태워 줄 택시를 잡기도 힘들 터였다. 둘이 자매라고 우겨도 운전수는 왜 아빠나 남자 형제 없이 여행하는지 의구심을 품을 것이다. 고속도로나 버스 정류장에는 검문소도 있다. 둘이 어딜 가든 너무나도 많은 사람이 질문을 쏟아 낼 것이다.

둘은 이야기하고 또 이야기했다. 사디라의 가방과 파린의 물건을 살펴보고는 뭘 가져가야 할지 결정했다.

"가져가기 쉬운 것만. 음식, 물, 돈 말고는 가져가면 안 될 거야. 여행 가방을 들고 다니지 않으면 덜 주목받을지도 몰라."

파린이 말했다.

"어디로 가야 하지?"

사디라가 물었다.

둘은 이웃 나라의 목록을 나열해 보았다. 이라크? 거기서 환영받을 확률은 그다지 높지 않았다. 더구나 자신의 아랍어 실력으로는 쿠란을 외우는 데 한계가 있었다. 파키스탄? 거기도 결코 잘 어울릴 것 같지 않았다. 아프가니스탄? 페르시아어를 쓰는 사람은 많지만 그곳에서도 내전이 한창이다. 터키? 많은 이란인이 터키로 망명했다. 터키로 갈 수만 있다면, 유럽까지도 가로질러 갈 수 있을 것이다.

"터키."

사디라가 말했다.

"거기가 제일 좋겠다. 일단 터키에 가고 난 뒤 그다음 단계를 생각해 보자."

둘은 동이 트기 직전까지 기다렸다 떠나기로 했다. 아침의 가장 추운 시간, 사람들이 여전히 깊은 잠에 빠져 있을 고요한 도시, 둘이 사람들의 이목을 끌지 않고 거리로 나갈 수 있는 최적의 기회다. 텅 빈 거리를 수십 킬로미터쯤은 걸을 수 있을 테고, 해가 저 위에 떠 있을 무렵 둘은 이미 멀리 가고 없을 터이다. 버스에서 둘은 대학생들과 어우러져 있다 조금 더 멀리 갈 수 있을 것이다.

파린이 문을 열고 복도를 살펴보았다. 아래층에서 사람들이 노래를 부르고 있었다. 부모님 방은 바로 복도 끝에 있었다. 잽싸게 움직이면서 파린은 문을 열기 전 귀를 기울였다. 손님 몇몇이 파티 중에 실수로 그 방에 들어간다는 사실을 알고 있었다. 오늘 밤에는 아무 소리도 들리지 않았다.

방 안으로 들어간 파린은 엄마의 보석 상자에서 없어져도 모를 작은 보석 몇 개를 가져갔다. 현금 약간이 책상 위에 놓여 있었다.

벽장 안에서도 돈을 찾았다. 엄마가 지갑을 넣어 두던 곳이었다. 파린은 찾는 족족 돈을 챙겼다. 방을 조금 더 뒤져 볼까 고민했지만, 사디라를 너무 오래 혼자 있게 하고 싶지 않았다.

파린은 아무에게도 들키지 않고 방으로 돌아갔다.

둘은 옷을 들고 다니지 않기 위해 두 겹으로 입었다.

"이게 좋아. 밖에서 자야할 때도 있을 테니. 이 정도면 충분히 따뜻할 거야."

파린이 말했다.

곧 필요한 모든 준비를 마쳤다. 파린은 알람 시계를 맞춰 놓고 침대 위에 몸을 쭉 뻗었다.

"시계를 내 베개 아래에 놓아야겠어. 그래야 나 혼자만 듣고 부모님이 깨지 않겠지."

파린은 불을 껐다. 어둠 속에 둘은 나란히 누웠다. 달빛만이 방 안을 비추었다.

"우리 달이야. 우리가 떠날 때 가져 가야겠지?"

사디라가 말했다.

"우리 달이니. 놓고 갈 순 없어."

둘은 잠시 조용히 있었다.

"무섭니?"

파린이 물었다.

"슬퍼. 너와 함께여서 행복하긴 하지만 아빠 곁을 떠나게 되어 슬퍼. 내가 왜 가야 하는지 이해 못 하실 거야. 좋은 아빠인데. 나와 결혼시키려는 남자는 착한 사람이겠지. 왜냐하면 그게 우리 아빠가 바라는 바이니까. 하지만 나는 결혼하고 싶지 않아. 너와 같이 있고 싶어."

"다 괜찮아 질 거야. 무슨 일이 일어나든 괜찮을 거야."

둘은 침대 위에서 바싹 붙어 누웠다. 파린이 이불을 덮었다.

"이불도 가져가자."

파린이 말했다.

"각자 하나씩. 어깨에 숄처럼 걸치는 거야."

사디라가 킥킥거렸다.

"우리가 사라진 걸 알면 파골이 화나서 팔짝팔짝 뛰겠지? 파골이 심어 놓은 스파이도 할 일이 없어질 테고."

둘은 조용히 이야기하며 웃기도 하고 손을 맞잡으며 이불 아래 따뜻하게 있었다. 달이 창문 너머로 움직이며 방에 달빛을 비춰 주었다. 그동안 두 소녀들은 꿈도 꾸지 않고 고요하고 행복한 잠에 빠졌다.

혁명군이 침실 문을 벌컥 열고 들어오는 순간에도 둘은 여전히 꿈나라에 있었다.

17장

"우리는 잘못한 거 없어요."

파린의 팔 위쪽이 찌릿했다. 여성 혁명군이 파린의 팔을 너무 세게 잡은 통에 아래팔도 저릿저릿해지기 시작했다.

"그만. 네 말 듣고 싶지 않아."

"하지만 실수하는 거라고요. 우리는 최우등생이에요. 재능 있는 여학생만이 갈 수 있는 학교에 다니고 있고, 거기서도 1등이에요. 학교에서 아무나 붙잡고 물어봐요. 학교의 최고 모범생이 어떻게 그릇된 행동을 할 수 있겠어요?"

파린은 말도 안 되는 핑계를 대고 있다는 사실을 인지하고 있었다. 반에서 1등을 놓치지 않는 사람도 잘못된 일을 할 수 있다. 하지만 파린은 계속 주절거렸다. 그래야 자신을 살릴 수 있다는 듯이.

"우리는 삼각법에서도 우수한 점수를 받았어요. 엄청 어렵거든요. 우리가 점수를 잘 받으려고 얼마나 열심히 공부했는지 알 수 있잖아요? 골칫거리에 빠질 시간도 없다고요. 그러니까 사람 잘못 봤어요."

파린이 말을 이었다.

"부모님을 만나고 싶어요. 우리 부모님 어디 계시죠?"

아무도 대답하지 않았다. 군 몇몇이 사디라와 파린을 붙잡고 있는 동안 다른 군인이 파린의 방을 수색했다.

파린은 몸을 꿈틀꿈틀해 보았지만 불가능했다. 머리를 가능한 한 멀리 뒤로 젖혀 보았지만 복도는 보이지 않았다.

사디라는 꼼짝하지 않았다. 여전히 교장실에 있는 듯 고개를 푹 수그리고 있었다.

아래층에서 혁명군과 실랑이를 벌이고 있는 엄마의 목소리가 들렸다.

"사진이 왜 불법이에요? 사진이 어떻게 법에 저촉된다는 거죠? 어떤 상식적 기준으로 봐도……."

그러다 아빠의 목소리가 들렸다. 낮고 뭐라 알 수 없는 소리로 엄마를 진정시키려 하고 있었다.

여자 군인이 어떤 신호를 받은 게 틀림없었다. 즉시 파린과 사디라가 아래로 떠밀려 집 밖으로 나왔기 때문이다. 파린은 주위를 둘러보며 부모님을 찾았지만 보이지 않았다.

"아빠 좀 보게 해 달라고요!"

파린이 소리쳤다. 과장된 행동을 하면 여자 군인이 말을 들어줄 것 같았기 때문이다.

군인들은 대답하지 않았다. 그 대신, 파린과 사디라는 남자 군인에게 둘러싸여 트럭 뒤에 올라타고는 한밤중에 어디론가 실려 갔다. 조용히 하라는 명령을 받고 둘은 서로의 얼굴을 멀리한 채 떨어져 앉아야 했다. 그러는 사이 트럭이 길을 따라 천천히 내달렸다. 두 소녀가 도망갈 계획을 짰던 바로 그 길이었다.

"깊이 잠들어 버려 미안해."

파린이 입을 열자 명령 불복종으로 머리를 얻어맞았다.

"나는 미안하지 않아."

사디라가 말했다. 파린은 사디라가 맞는 소리가 듣기 싫었다.

"사랑해!"

파린이 외쳤다. 수차례 얻어맞아도 아랑곳하지 않았다.

"나중에는 말할 수 없을지도 몰라, 그러니까 지금 말할게. 사랑해!"

"일을 점점 더 꼬이게 만드는군."

혁명군이 다시 파린의 머리를 쥐어박으며 말했다.

"조용히 하라고 했지. 교도소에 가면 말할 기회를 수도 없이 갖게 된다. 에빈 교도소 들어봤지? 거기에 누가 일하는지 아나?"

파린은 조용히 해야 한다는 걸 알면서도 대답했다. 비록 들릴 듯 말 듯한 작은 목소리로 말했지만.

"코브라 교장 선생님이요?"

혁명군이 그 말을 듣고 낄낄 대었다.

"맞다. 우리는 교장실로 가고 있어. 넌 방과 후에 그곳에 갇히겠지!"

혁명군이 웃고 있는 사이, 파린은 사디라가 뒤로 기대 자신을 찾고 있다는 느낌이 들었다. 파린은 트럭 바닥 위에서 몸을 고쳐 앉아 마침내 서로 등을 맞대었다. 꼭 살짝 안는 것과 같았다. 뒤로 단단히 묶인 둘의 손이 서로를 찾고는 손가락을 마주 걸었다.

'우리를 떨어뜨려 놓으려면 손을 잘라야 할걸.'

파린은 생각했다. 설사 그게 사실이 아닐지라도.

높다란 벽 위에 줄줄이 걸린 가시철사를 보고 파린은 교도소에 왔다는 걸 알았다. 파린이 있던 위치에서는 상황을 소상히 들여다볼 수 없었다. 그저 철사와 벽, 달이 보일 뿐이었다.

"이걸로 눈을 가려라."

군인 중 한 명이 말했다. 군인의 손에는 눈가리개로 쓰일 천 조각이 들려 있었다.

"발로 그걸 묶으라고요? 아니면 우리가 마음만으로 천을 묶을 수 있는 마법사쯤으로 아시나 보죠?"

사디라가 말했다.

"네가 어떻게 하든 상관 안 해."

혁명군이 냄새나는 천을 사디라와 파린의 눈에 대강 묶으며 말했다.

"너희는 성도착적인 행위를 저질렀지. 하지만 난 그게 어떤 건지 관심 도 없어. 너희는 곧 사라질 테니까."

"우리를 죽이려 한다면 왜 눈을 가리는 거죠?"

사디라가 물었다.

파린이 사디라의 손가락을 꾹 잡았다.

'제발 조용히 해.'

파린이 말없이 종용했다.

사디라는 파린의 의도를 눈치채지 못했다.

"당신들이 하는 일이 떳떳하다면, 우리에게 일어날 일이 정당하다면, 우리가 죽을 것이 확실하다면, 왜 우리 눈을 가리냐고요?"

"왜 그딴 질문에 내가 대답을 해야 하지?"

사디라가 다시 얻어맞고는 크게 울부짖었다. 파린은 친구의 손가락을 될 수 있는 한 세게 잡았다.

"우리가 무서워서 그러나 봐, 파린. 이 남자들은 원하는 건 모두 손에 넣어왔어. 그래서 우리 같은 여자아이들을 무서워해. 왜냐하면 우리는 남자들이 전혀 필요 없으니까!"

사디라가 말했다.

파린은 뒤이어 나올 소리가 듣기 싫었다. 사디라가 다시 머리를 걸어 차였다. 사디라의 손가락이 스르륵 빠지는 느낌이 들었다. 파린은 손가락을 꼼지락거리며 친구를 찾았다.

트럭이 멈춰 섰다.

"내려!"

손이 뒤로 묶여 있고 눈도 가려져 있어 트럭 밖으로 내리는 일이 쉽지 않았다. 둘은 홱 잡아당겨 일으켜 세워졌다. 파린은 어디로 가고 있는지, 사디라가 어디에 있는지 도통 감을 잡을 수가 없었다.

"사디라, 여기 있어?"

"입 다물어!"

둘은 안으로 이끌려 복도로 간 뒤 작은 방에 다다랐다. 눈가리개가 풀리고 손도 자유가 되었다.

둘이 처음으로 한 일은 서로를 얼싸안는 것이었다. 두 번째로 한 일은 구타당한 뒤 딱딱한 바닥에 나가떨어지는 것이었지만.

"똑바로 일어서."

혁명군이 둘을 끌어 올렸다.

둘은 오랜 시간 서 있었다. 방은 잿빛에 어두침침했다. 희미한 전등 빛은 우중충한 방의 분위기를 더욱 스산하게 보이게 할 뿐이었다. 작은 탁자와 의자가 있었고, 아야톨라 호메이니의 초상화가 벽에 걸려 있었다.

'여기가 진짜 코브라 교장의 사무실이군.'

파린은 생각했다.

문이 열리고 녹색 유니폼을 입은 남자가 들어왔다. 같은 유니폼을 입은 여자가 따라 들어왔다.

"너희는 일탈 행위로 체포되었다."

남자는 혁명군이 건네 준 종이를 내려다보며 말했다.

"이것은 사회에 반하는 범죄다. 너희는 재판에 넘겨질 것이다. 보통은 너희 같은 일탈 행위자는 경고를 받지. 그리고 제대로 경고를 주기 위해 채찍질도 동반한다. 그래야 우리의 메시지가 네 핏줄을 통해 머리까지 똑똑히 전달될 테니까. 우리 정보원에 따르면 너희는 이미 일탈 행위에 대해 경고를 받았고, 일탈 행위를 멈추라는 명령을 받은 바 있다. 우리는 너희에게 자비를 베풀었지만 너희는 우리의 친절한 자비를 우리 면전에 되돌리고 말았다."

"이 건에 대해 변호가 허용됩니까?"

사디라가 물었다.

"변호인이 있는가? 변호인의 이름을 대봐."

남자가 말했다.

소녀들은 말이 없었다.

남자는 둘을 데려가라며 여자에게 고개를 끄덕였다.

여자가 파린의 팔을 붙잡았다. 남자 군인에 버금가는 힘이었다.

"눈을 제대로 가려. 힐끔거리는 걸 들켰다간 알아서 하라고!"

파린은 천으로 눈을 묶었다. 그러다 공황 상태에 빠졌다. 사디라와 떨어지기 전에 마지막으로 봐야 하는데 싶었다. 파린은 눈을 가렸던 천을 찢어 버리고 사디라가 자기와 똑같이 서 있는 모습을 보았다.

"사랑해."

파린이 말했다.

"나도 사랑해."

"지금 당장 처형해 버릴 수도 있어. 죽고 싶어 환장했어? 내겐 그러거나 말거나 상관없지만."

남자가 으름장을 놓았다.

"살고 싶어요."

파린이 말했다. 그러면서 사디라를 보고 미소 지었다.

둘은 동시에 눈가리개로 눈을 가린 뒤 방에서 끌려 나왔다.

몇 개의 복도와 계단을 지나 건물 밖으로 나와 다른 건물로 들어갔다. 사람들이 비명을 지르며 애원하고 우는 소리가 들렸다.

파린은 사디라가 아직도 함께 있는지 알 수 없었다. 파린은 기침을 세 번 했다. 사디라가 뒤이어 기침을 했다. 지금까지 둘은 함께였다.

그러다 파린을 데리고 있던 혁명군이 문 앞에 멈추었고, 문을 열고는 파린을 밀어 넣었다.

"눈가리개 계속 하고 있어. 그거 벗어서 얻어맞고 싶지 않으면."

혁명군이 명령했다.

문이 쾅 닫히고 잠겼다.

파린은 기침을 세 번 했다.

아무런 기침 소리도 돌아오지 않았다.

· 18장 ·

파린은 명령을 거역했다.

자기가 갇힌 방이 어떻게 생겼는지 꼭 보고 싶었다. 문을 등지고 눈가리개를 아주 약간 올렸다.

감방은 작고 텅 빈 방이었다. 침대도 없고 화장실도 없었다. 천장도 낮았고 빛이라고는 문에 난 좁은 구멍 사이로 흘러 들어오는 한줄기 조명이 전부였다. 여자 몇몇이 방 뒤쪽에서 잠을 자고 있었다. 파린은 안도했다. 동료가 있으니 조금은 안심이 되었다. 그들이 감옥에 대해 알려 줄 테고, 아마도 사디라가 어디 있는지 알지도 모른다.

"저는 파린이라고 해요. 깨워서 죄송해요. 지금 막 입감되었어요."

아무도 꿈쩍하지 않았다.

'여기서 잠을 자다니 어지간히도 편한가 보네.'

파린은 생각했다.

'나도 편한 자리 좀 찾아봐야겠다. 다시 잠들 수 있다면.'

파린은 벽에 기대어 바닥으로 스르르 미끄러졌다. 초조함과 차가움에 몸이 부르르 떨렸고, 팔로 몸을 감싸 조금이라도 따뜻해지려고 했다.

방은 조용했지만 도처에서 다른 소리가 들렸다. 좋은 소리는 아니었다. 돌로 만든 벽은 소리를 딴 세상 또는 사람의 것이 아닌 소리로 만들었다.

"사디라는 괜찮아."

파린은 혼자 중얼거렸다.

"사디라가 괜찮지 않다면 대번에 알게 될 거야. 사디라도 무섭겠지. 당연히. 하지만 자신을 돌봐 주는 여자들과 함께 따뜻하게 있을 거야. 우리는 이 고난을 헤치고 다시 만나겠지. 엄마 아빠는 화가 많이 나셨겠지만 날 이대로 놔두지는 않을 거야. 돈이 많으니까 누군가에게 뇌물을 줄 테고, 그러면 우리는 나가게 될 거야. 엄마 아빠가 사디라는 도와줄 수 없다고 하면 어떻게 하지? 그럼 사디라가 나갔다는 사실을 확인할 때까지 나도 여기에 있어야지. 내가 얼마나 고집불통인지 아니까. 그럼 엄마 아빠도 포기하실 거야."

비명이 생생하게 울려 퍼졌다. 파린은 손으로 귀를 꼭 막고 입술을 깨물었다. 자신도 똑같은 소리를 지르지 않기 위해서였다.

"우리 부모님은 부자야."

파린이 다시 중얼거렸다.

"날 여기에 혼자 두지는 않을 거야. 그러면 엄마가 친구들 얼굴을 어떻게 봐? 딸이 감옥에 갇혀 있는데 얼마나 부끄럽겠어. 부모님은 날 빼내고 사디라도 빼낼 거야. 그러고 나면 다시는 사디라를 볼 수 없다고 해도 난 행복하겠지. 음, 행복하지는 않더라도 사디라가 괜찮다는 걸 알면 나도 괜찮아지겠지. 그리고 누가 알아? 상황은 변해. 우리는 곧 어른이 될 거고, 그러면 우리는 다시 함께 할 수 있는 길을 찾을 수 있을 거야."

"우리 부모님이 날 데리러 온다. 우리 부모님이 날 데리러 온다. 우리 부모님이 날 데리러 온다."

파린은 같은 문구를 계속 되뇌었다. 그저 자기 목소리만 듣기 위해서였다.

그러다 다른 생각이 떠올랐다. 부모님도 체포되었으면 어떻게 하지? 혁명군이 술을 마시며 샤와 왕세자의 사진 앞에서 파티를 하고 있던 사람을 몽땅 잡아갔으면 어떻게 하나? 부모님도 지금 갇혀 있다면 누가 파린을 도와주지? 그리고 아무도 파린을 도와줄 수 없다면 누가 사디라를 도와줄까?

파린은 자기가 있는 끔찍한 곳에 관한 정보를 더 알아내야 했다. 그러다 여기에 자신을 불쌍히 여길 누군가가 분명히 있을 것이라고 생각했다. 자기는 너무 어리니까, 전에 이런 곳에 갇혀 본 적이 없으니까, 학교 성적도 잘 받으니까. 여기에 부모님의 존재를 묻는 사람이나 변호사를 선임할 수 있는지 물어볼 수 있는 사람이 있을 것이다.

"죄송합니다만……."

파린이 자고 있는 여자에게 속삭였다.

"깨워서 죄송해요. 하지만 도움이 필요해요."

여자는 일어나지 않았다.

파린은 눈가리개를 조금 더 올리고 작은 문이 열려 있는 곳을 힐끔 보았다. 문을 보고 있는 사람은 없었다. 파린은 황급히 감방 반대편으로 건너가 동료에게 가까이 다가갔다.

많이 움직인 것도 아니었다. 감방이 작았으니까, 파린은 어떤 여자의 발에 손을 뻗고 살짝 흔들었다.

"저기요."

아무 대답이 없자 파린은 발을 더 세게 흔들었다.

"일어나요! 일어나라고요! 말할 게 있어요!"

여전히 아무 대답도 듣지 못했다. 파린은 끔찍한, 너무나 끔찍한 느낌이 들었다.

왜인지 확실히 알아야 했다. 파린은 여자의 머리가 보일 때까지 몇 발자국 더 다가섰다. 파린은 여자의 차도르를 들어 올렸다. 죽은 자의 눈이 파린을 노려보고 있었다.

파린은 비명을 질렀다. 비명을 지르고 또 질렀다.

파린은 다른 벽으로 기어가듯 뒷걸음치며 소리를 질렀다.

감방 안에 있던 여자들은 모두 죽은 상태였다. 파린은 죽은 여자들이 있는 방에 투옥된 것이었다.

갑자기 파린 뒤로 문이 열렸고 파린은 혁명군 다리에 걸려 넘어졌다.

"똑바로 일어서. 뭐 때문에 고함을 질러? 죽은 사람은 널 해치지 않아. 눈가리개 똑바로 하고 있어. 마지막 경고다."

파린은 일어섰다. 손이 다시 묶였는데, 이번엔 앞쪽으로 묶었다. 혁명군이 파린의 팔을 콱 움켜쥐더니 복도로 끌고 갔다.

"질문을 몇 개 받게 될 거다. 순순히 부는 게 좋을 거야. 그게 네게도 좋고, 모두가 좋지. 심문실로 가기 전에 할 말이 있나?"

"부모님은 어디 계세요? 우리 부모님도 잡혔나요?"

"나는 네게 할 말 있는지 물었다. 내게 질문을 하라는 게 아니야."

"우리 부모님은 사디라가 집 안에 있다는 사실조차 몰랐어요."

둘은 문 앞에 섰다.

"더 좋은 얘기를 해야지. 마지막 기회다. 다른 질문은?"

파린은 어떻게 대답하면 좋을지 몰랐다. 혁명군이 뭘 알고 싶어하는 걸까? 파린은 머리를 이리저리 굴리며 망설였다. 하지만 소용없었다. 시간이 되고 말았다. 혁명군이 문을 열고는 파린을 안으로 밀어 넣었다.

누군가 파린을 철제 의자 위로 눌러 앉혔다. 사람들이 자신 주위로 왔다 갔다 하는 소리가 들렸다.

'이 방에 몇 명이나 있는 걸까?'

누군가 담뱃불을 붙였다. 또 어떤 이는 발을 질질 끌었다. 자신을 데려온 혁명군은 물러났지만 아직 이 방 어딘가에 있을 거라는 생각이 들었다.

파린의 눈가리개가 풀렸다.

군복이 아닌 법복을 입은 남자가 책상 뒤에 앉아 있었다. 남자는 종이 한 장을 조용히 읽더니 파린을 쳐다보았다.

"자신에 대해 할 말 없나?"

남자의 목소리는 억양이 없이 낮았다. 이는 소리 지르는 것보다 훨씬 무서웠다.

"전 잘못한 거 없어요."

파린이 말했다.

"그럼 왜 여기에 있나?"

"누군가 실수를 한 게 틀림없어요."

"너는 정부가 실수를 한다고 생각하나?"

'교장 선생님이 여기에서 일할지도 몰라.'

파린은 뭐라고 되받아치려다 입을 다물었다. 교장 선생님이 한 말이 생각났기 때문이다.

"너무 자신만만하게 굴지 않도록 조심하여라."

남자는 이 세상 시간이 모두 다 제 것인 양 파린을 쳐다보았다.

"자네가 저지른 실수에 대해 내게 말할 거 없나?"

"저는 우등생이에요. 지난 중간고사에서 2등을 했어요."

"자네가 할 일은 학교에 다니는 것이지. 이란 사람들은 자네의 교육비를 부담해 주기로 결정했어. 그러니 자네의 일은 공부를 열심히 하는 것이야. 그래서 열심히 했지. 자네가 한 일에 박수를 쳐 주길 바라나?"

"아닙니다, 선생님."

"자네 내가 내 일을 할 때 사람들이 박수를 쳐 준다고 생각하나? 아니지. 사람들은 그저 내 판결을 기다릴 뿐이다. 그 외에 하고 싶은 말이 있나?"

"질문 하나 해도 될까요?"

"우리는 대화를 나누고 있다. 대화를 하는데 질문해도 되냐고 물어볼 필요는 없어. 자네가 질문을 한다고 내가 화를 낼 거라 생각하나?"

파린은 숨을 깊게 쉬었다.

"우리 부모님은 어디 계시나요?"

"자네는 부모님 걱정을 하고 있다. 좋은 일이지. 그렇다고 응당 칭찬을 받아야 하는 건 아니다. 자네가 부모님을 걱정하는 것은 당연한 일이니까."

남자는 파린의 질문에 대답하지 않았다.

"그 밖에 또 다른 할 말은 없나? 자네의 학업 성적과 부모에 대한 걱정 외에."

"무슨 말을 하시는지 잘 모르겠어요."

파린이 말했다.

"음, 그럼 누가 이 일의 주동자인지부터 말해 볼까?"

"주동자요?"

"너희 중 한 명이 이번 일탈 행위를 저지르자고 밀어붙였지. 네가 그 아이를 강요했나, 아니면 그 아이가 너를 강요했나?"

"아무도 강요하지 않았어요."

그러다 입술을 깨물었다. 방금 전 한 말은 자신이 일탈 행위를 했다는 걸 인정한 꼴이다.

"난 아직 자네 대답을 듣지 않았다. 나는 자비롭다. 그리고 자네는 마음을 바꾸고 싶을 테고. 자네의 일탈 행위에 누가 연루되어 있나?"

파린은 대답하지 않았다.

"자네 학교 학생 회장, 라비아라 했던가? 자네가 이런 식의 삶을 살도록 유도했나?"

파린은 라비아의 이름을 듣고 깜짝 놀랐다.

"라비아요? 라비아는 어떻게 됐어요? 여기에 있어요?"

"있었지."

남자가 하는 말을 듣고 있자니 더는 질문을 해서는 안 되겠다 싶었다.

남자는 입을 다물고 그냥 앉아만 있었다.

몇 분이 지나고 남자가 다시 입을 열었다.

"자네 행위에 연루된 다른 사람들의 이름을 말할 준비가 되었는가?"

"무슨 행위요?"

파린은 이제 정말로 헷갈렸다. 샤를 다시 추대하자는 엄마의 모임을 말하는 건가? 악마 사냥에 대해 쓴 글을 두고 말하는 건가? 도대체 뭘 말하는 거지?

남자가 분명하게 일러 주었다.

"자네가 사디라라는 여자아이와 비도덕적이고 법에 반하는 행위를 한 것은 분명한 사실이다. 이는 이란에서 증가하고 있는 문제야. 이란의 젊은 여성과 남성들은 자신이 원하는 건 뭐든지 할 수 있다고 생각하지. 서양에서 들어온 외설 행동을 따라하고. 우리 이란 정부는 이 행동을 막을 것이다. 이는 신과 자연에 반하는 행동이야. 자네가 한 행동은 현 체제에 대한 반역이다. 자네가 살 수 있는 유일한 길은 이런 일에 연루된 자가 그밖에 누가 있는지 말하는 것이다. 자네 자신을 살리고 싶으면 이름을 대."

누가 또 있지? 파린과 사디라와 같은 방식으로 감정을 느낀 여자아이들이 또 있었나? 자신의 처지에도 불구하고 파린은 씩 미소를 지었다. 자신과 같은 감정으로 행복한 아이들이 또 있다는 사실에 파린은 기뻤다. 파린은 혼자가 아니었다.

"이 상황을 가벼이 여기는 것 같군. 흥미 있는 반응이야. 더 말할 게 있나?"

남자가 말했다.

"우리를 풀어주세요."

남자가 혁명군에게 까닥했다. 파린의 얼굴에 다시 눈가리개가 씌워지고 방에서 끌려 나왔다.

"날 어디로 데려가는 거예요? 날 다시 그 방에 넣지 말아요! 죽은 사람들이 있는 방에 넣지 말라고요! 다시 거기로 데려다 놓지 말아요!"

파린은 확 주저앉았다. 파린은 협조하지 않을 작정이었다! 그 끔찍한 방으로 자신을 되돌려 놓는다면 꿈쩍도 않을 태세였다.

"그 방으로 다시 돌아가지 않는다. 최소한 네가 숨을 쉬지 않을 때까지는."

혁명군이 말했다.

다른 팔들이 파린을 일으키더니 다른 현관으로 질질 끌고 갔다.

혁명군이 다른 복도를 데리고 가서는 벽에 세웠다.

"앉아."

파린은 앉았다.

19장

눈가리개가 너무 꽉 조여 있어 볼 수는 없었지만 주변에서 누군 가의 소리가 들렸다.

아무도 말을 하지 않았지만 계속해서 뭔가 소리를 내고 있었다. 파린은 개미 소리라도 들으려 애썼다. 곧이어 자신의 왼쪽 방향으로 사람들이 줄지어 앉아 있다는 걸 알 수 있었다. 혁명군들이 재소자들을 앞뒤로 왔다 갔다 했다. 콘크리트 바닥을 치는 군화 굽 소리 덕에 혁명군이라는 걸 알 수 있었다. 사디라를 부르고 싶었지만 입 밖으로 내지는 않았다. 사디라는 대답을 할 테고, 그러면 둘 다 맞을 게 뻔하니까.

그러다 둘만의 신호가 생각났다. 파린은 기침을 세 번 했다. 하지만 아무런 대답도 돌아오지 않았다.

시간이 흘렀다. 파린은 상황이 어떻게 흘러가고 있는지 알 방도 가 없었다.

햇빛이 복도를 뚫고 들어올 수 있다고 해도 눈가리개 때문에 볼 수가 없다. 햇빛은 지옥도 뚫을 수 있을까?

때때로, 누군가 이름을 부르면 재소자가 일어나 다른 방으로 끌려가는 소리가 들렸다. 간간이 비명이 새어나왔다. 몇 단어는 알아들을 수 있었다.

"이름을 대! 아는 걸 말하란 말이야!"

질문 뒤에는 자주 비명이 따라 나왔다. 어떤 비명은 그칠 줄 모르고 계속되기도 했다.

'제발 그만해!'

파린은 이렇게 소리치고 싶었다.

교도소에서 나오는 소리는 견디기가 힘들었다. 잇달아 터지는 신음 소리. 사람에게 채찍을 휘두르는 소리, 뼈를 때릴 때 나는 소리.

'나는 지금 에드가 앨런 포의 이야기 속에 있어.'

파린은 생각했다.

나는 지금 『함정과 진자 The Pit and the Pendulum』 속에 있는 거라고.

오랫동안 바닥에 앉아 있으면서 긴장하다 보니 등이 뻐근했다. 다리에 쥐가 나고 눈가리개가 너무 꽉 매여 있어 두통이 났다. 파린은 얼굴 옆쪽을 어깨에 비비며 눈가리개를 조금이라도 느슨하게 하려고 했다. 조금씩 조금씩 눈가리개가 움직였다. 계속 느슨하게 풀다가 혁명군의 발걸음 소리가 가까워 오자 멈추었다.

파린은 서서히 조금씩 움직였다. 덕분에 파린이 뭘 하고 있는지 아무도 알아채지 못했다. 수감자들이 줄을 따라 왔다 갔다 했다. 때로는 문이 열리더니 바닥을 가로질러 질질 끌려가는 소리도 들렸다. 그러다 소리가 멈추더니 다른 소리로 바뀌었다. 비명이 잦아지는가 하면 이내 사람들이 기도하느라 중얼거리는 소리가 들리기도 했다. 악취는 끔찍 그 자체였다. 사람들은 앉은 자리에서 대소변을 보았고, 공포가 땀 냄새, 퀴퀴한 담배 냄새, 피 냄새와 뒤섞여 여기저기에 퍼졌다.

파린은 눈가리개가 전부 떨어져 나갈 때까지 계속 살살 밀었다.

"눈가리개 올려!"

혁명군이 줄 반대편에 서 있었다. 파린은 그 찰나에 자기 주변을 볼 수 있었다. 근처에 누워 있던 시체나 부상당한 사람들은 살필 겨를이 없었다. 사디라와 부모님이 혹시 근처에 있는지 살펴야 했다. 왼편으로는 벽을 따라 재소자들이 복도 끝까지 긴 줄을 이루었다. 오른쪽으로는 복도가 끝도 없이 이어져 있었다. 수감자들의 줄도 마찬가지였다. 파린은 혁명군이 자신에게 다가와 머리에 총을 겨눌 때까지 목을 쭉 뺀고 내다보았다.

"눈가리개 올리라고!"

파린 스스로 눈가리개를 올리기에는 손이 밧줄에 너무 꽉 매여 있었다. 총은 아직도 파린의 머리 몇 인치 옆에 있었다.

"안 올려!"

'사디라는 어디에 있지? 부모님은 어디에 있을까? 사디라는 벌써 나갔을지도 몰라. 부모님은 내가 사디라를 두고 나갈 리가 없다는 걸 아시니까, 사디라를 먼저 내보냈을 거야.'

파린의 순간 차분해졌다. 파린은 솟구치는 공포에서 마음을 가져와 체육관, 파린과 사디라가 함께 공부하던 그곳으로 돌리려고 했다.

파린은 겨우 잠이 들었다.

'콜록, 콜록, 콜록.'

사디라가 꿈에서 나와 자신에게 손을 뻗고는 머리카락 한 올을 차도르 안으로 넣어 주었다.

'콜록, 콜록, 콜록.'

'왜 기침해, 사디라? 나 바로 여기에 있잖아. 그냥 내게 말하면 돼.'

파린은 꿈속에서 생각했다. 그러다 파린은 벌떡 일어나 앉았다. 누가 진짜로 기침을 세 번 했나? 파린도 세 번 기침을 했다. 대답이 돌아오길 바라며. 되돌아오는 건 아무것도 없었다. 그저 흐느끼는 소리와 기도하는 소리만이 복도를 따라 끊임없이 나올 뿐. 방마다 비명도 함께 흘러나왔다.

파린은 다시 기침을 했다. 그러고는 잘 들으려고 숨을 참았다.

"파린 카제미."

여자 혁명군이 파린을 불렀다.

"저 여기에 있어요! 제 이름이 파린 카제미예요."

사디라나 부모님에 대해 묻기도 전에 혁명군은 파린을 잡아 방으로 끌고 들어갔다. 그러고는 파린의 눈가리개를 찢어 버렸다.

파린은 또 다른 작은 방에 있었다. 그곳에는 또 다른 법복을 입은 남자가 또 다른 책상 뒤에 앉아 있었다.

"너는 기꺼이 이 자백서에 서명을 해야 한다."

남자는 종이 한 장을 파린에게 밀었다.

"무슨 자백이요? 저는 아무것도 자백하지 않았어요. 서명도 하지 않을 거고요. 부모님을 뵙고 싶어요."

"네게 다시 말한다. 너는 펜을 들어 이 자백서에 기꺼이 서명을 해야 한다."

내가 하지 않겠다고 버티면 나를 어떻게 하지 못할 거야. 내가 서명하지 않으면 날 잡아 둘 명분도 없겠지.

"난 서명 안 해요."

법복을 입은 남자가 고개를 끄덕이자, 혁명군은 파린에게 다시 눈가리개를 씌우고 사무실 밖으로 몰아냈다.

혁명군과 파린은 오른쪽으로 돌아 수감자가 있는 긴 복도를 따라 걷기 시작했다. 눈가리개가 살짝 위로 들려 있어서 파린은 바닥에 있던 사람들의 얼굴을 볼 수 있었다.

"제가 파린이에요."

파린은 끊임없이 소곤거렸다. 급기야 혁명군이 조용히 하라며 머리를 철썩 때렸다.

혁명군은 파린을 밖으로 데리고 나갔다. 그 둘은 아주 오래 걸었다. 파린은 바윗덩어리나 계단, 아니면 확실하지 않은 어떤 것을 지나갈 때마다 여러 번 발을 헛디뎠다.

드디어 걸음을 멈추었다. 여자 혁명군이 파린의 눈가리개를 치웠다.

그들은 교수대 앞에 있었다. 여섯 명이 줄에 매달린 채 흔들렸다. 눈가리개를 한 수감자들이 일렬로 교수대 계단에 서서 처형 순서를 기다리고 있었다.

"지금이 마지막 기회다."

혁명군이 말했다.

"넌 젊고 우리는 관대하다. 하지만 지금뿐이야. 우리는 지금 너무나 많은 자비를 베풀었다. 자신의 범죄 행위를 자백하지 않으려 하는 꼬맹이 일탈자와 놀아날 시간이 없다고."

파린은 미친 듯이 주위를 둘러보았다. 여전히 사디라와 부모님은 보이지 않았다. 혁명군은 처형을 기다리는 재소자들의 줄로 파린을 데리고 갔다. 눈가리개는 여전히 풀린 상태였다.

"쏘는 게 더 빠르긴 해."

혁명군이 말했다.

"쏘는 건 이미 지겹도록 했어. 다시 그 방법으로 돌아가야 할지도. 목 메어 죽이는 건 시간이 오래 걸리거든. 하지만 장점도 있지. 기다리면서 다시 생각해 볼 기회를 줄 수 있거든."

주위에서 기도하고 우는 소리가 들렸다.

"이 줄에 널 남기고 떠나도 좋은가?"

혁명군이 물었다.

"네가 공부를 잘한다고 들었다. 여기 수학 문제 하나를 내 주지. 우리는 한 번에 여섯 명을 매달아. 한 그룹을 사형할 때마다 대략 20분이 걸리고 지금 네 앞에는 서른 명 있지. 내가 널 두고 떠난다면, 네가 살아 있을 시간이 얼마나 될까?"

파린은 울기 시작했다. 하늘은 푸르고 해는 빛났다. 교도소 벽 너머의 사람들은 각자의 삶을 살고, 학교에 가고, 행복하려 애쓴다는 사실도 알았다. 파린은 사디라도 그들 사이에 섞여 있기를 기도했다.

'사디라가 밖에 있을 확률이 조금이라도 있다면 나도 살고 싶어.'

파린은 마음을 먹었다.

"서명할게요."

"뭐라고? 잘 안 들려."

"서명하겠다고요."

"정말이지? 너 하나 때문에 다시 사무실로 갔다가 여기로 되돌아 오는 수고를 하고 싶지는 않아. 그렇게 된다면 내 기분이 매우 안 좋아질 거야."

"서명할게요. 정말이에요. 약속해요. 하고 싶어요."

혁명군이 어깨를 으쓱했다.

"네가 원한다면 그렇게 해 주지."

파린은 갈 준비가 되어 있었지만 이번에는 혁명군이 별로 서두르는 기미가 보이지 않았다. 혁명군은 파린을 줄에 남겨 놓고 다른 군인과 잡담을 나누었다. 눈가리개를 한 수감자들이 파린의 줄 뒤에 더 많이 떠밀려 왔다. 처형이 진행될수록, 파린은 교수대 계단에 점점 더 가까이 밀려 들어갔다.

"여기가 어딘지 아세요?"

파린이 뒤에 있는 남자에게 물었다.

"당신을 목 매달아 버릴 곳이라오. 여기에 있는 사람들 모두 다. 저들은 이미 우리 가족 모두를 목 매달았다오. 전쟁 뒤 남겨진 거라곤 이것뿐이지. 난 여기 있고 싶지 않아. 가족이 있는 곳으로 가겠소. 저들은 날 죽이는 게 아니오. 우리 가족에게 보내 주는 거지."

남자가 말했다.

"하지만 우리가 모두 맞서 싸우면……."

"쉬잇. 나는 싸울 힘도 없어. 이제 기도하며 내 가족만을 생각하고 싶을 뿐. 이 작은 평화를 조금이라도 허락해 주오."

"신이 함께 하기를"

파린이 말했다.

"당신도."

남자가 대답했다.

시체가 여섯 구 더 내려왔다. 줄이 좀 더 앞당겨졌다.

이 정도면 충분히 가까이 왔어. 파린은 결심했다. 파린은 줄을 벗어나 혁명군에게 다가갔다.

"저 아직도 여기에 있어요."

두 혁명군은 파린을 쳐다보더니 서로를 바라보았다.

"얘가 그 일탈자야?"

다른 혁명군이 물었다.

"어, 맞아."

"괜히 옳지 않기를 바라."

여자 혁명군이 파린의 팔을 잡고 다시 사무실로 돌아갔다. 법복을 입은 남자가 파린 앞에서 자백 진술서를 내려놓았다. 파린은 읽어 내려갔다.

"시간 낭비하게 하지 마!"

파린은 종이 맨 아래에 서명을 했다.

파린은 종이를 들어 올리고는 자기가 한 서명을 보았다. 남자가 일어섰다.

"파린 카제미, 너는 동성애와 일탈 행위를 자백했다. 이는 국가의 법과 도덕을 침해하는 행위이며, 이에 따라 국민의 적으로 간주한다. 너는 교수형에 처해질 것이다. 끝."

"뭐라고요?"

파린이 소리를 질렀다.

"제가 서명을 하면 죽음은 면할 줄 알았어요! 이게 뭐예요! 자백을 되돌릴래요! 이럴 수는 없잖아요! 저는 겨우 열다섯 살이라고요!"

"자백진술서에 서명을 하기 전에 너는 비협조로 교수형에 처해질 터였어. 이제 자백을 했으니, 네 죄에 대해 교수형을 선고하는 거지. 이상이다."

파린은 복도에서 끌려가는 내내 소리를 지르며 반항했다. 잠시 뒤 혁명군은 파린을 다른 방에 내팽개친 뒤 문을 쾅 닫아버렸다.

파린은 혼자 남았다.

위안이라고는 이번에는 방 안에 죽은 사람이 없다는 것이었다.

20장

"면회 왔다."

혁명군이 자고 있는 파린의 발을 살짝 누르며 깨웠다.

"면회요?"

"똑바로 일어서. 안 그러면 누구든 만나지 못하게 할 거야."

파린이 일어섰다.

"누가 면회를 왔죠? 부모님 중 한 분인가요? 어느 분이시죠?"

이상하게도 파린은 엄마가 면회를 왔으면 하고 바랐다. 아빠는 자신에게 평생 잘해 주었지만 엄마는 불같이 화만 냈다. 그래도 자신을 밖에 내보내 줄 사람을 뽑자면 엄마였다.

물론 질문에 대답은 돌아오지 않았다.

혁명군은 테이블과 의자가 몇 개 있는 방으로 파린을 들여보냈다.

방 안에 있는 사람은 검은색 차도르를 쓴 여자였다. 여자는 문을 등지고 있다 돌아섰다.

코브라 교장 선생님이었다.

파린은 눈에 보이는 모습이 믿기지 않아 눈을 몇 번이고 깜빡였다.

파린은 어물어물하며 교장 선생님 건너편으로 가서 앉았다. 만난 지 몇 년은 지난 것 같았다.

"어떻게 지내느냐?"

교장 선생님이 물었다.

"꿈인지 생시인지 모르겠어요."

"왜 그리 믿지 못하느냐? 왜인지 말해 주지. 네 마음이 닫혀 있기 때문이야. 너는 사람들을 특정 범주 안에 집어넣고 네 자신이 실수를 했는지 안 했는지 곰곰이 따져 볼 생각조차 하지 않지."

파린은 당황했다. 교장 선생님이 그저 설교나 늘어놓으려고 여기까지 온 건가? 파린의 기분을 더욱 나쁘게 만들려고 그러는 걸까?

"어떻게 지내느냐?"

선생님이 재차 물었다.

"무서워요."

"그렇겠지."

교장 선생님은 왠지 불편해 보였다.

'그러시겠죠. 당신은 늙었고 여기서 나가 선생님 나름의 삶을 살 테니까요. 나는 젊고 끔찍하게 죽을 거예요. 당신이 사랑하는 정부 때문에.'

파린은 생각했다. 하지만 아무 말도 하지 않았다. 여기서 논쟁을 더 한들 별 의미가 없어 보였다.

"부모님에 대해 무슨 소식이라도 알고 계세요?"

파린은 별 기대도 하지 않고 물었다.

"네 부모님은 해외로 떠났다. 혁명군에게 뇌물을 주고 자신의 죄에 아무런 대답도 하지 않고 떠났어."

"절 놔두고 떠났다고요?"

"그런 것 같다."

"그러면, 그러면 사디라는요?"

"사디라도 여기에 있다."

"만날 수 있어요?"

"모르겠다."

교장 선생님은 당혹한 표정이었다.

"네 면회 허가를 받는 게 생각보다 힘들더구나. 여기 상황은 좀······ 혼란스럽다."

파린은 교장 선생님의 말에 일말의 동의도 할 수 없었다.

"그럼 어떨 거라고 생각하셨어요?"

교장 선생님은 고개를 절레절레 흔들었다.

"여전히 마음이 닫혀 있군. 너는 내가 냉정하고 무자비하다고 생각하지, 그게 나에 대한 시선 전부야. 미안하지만 내가 면회 온 학생은 네가 처음이 아니다."

"제가 감사하길 바라시는 건가요? 저 사람들이 날 죽일 거라는 걸 알고 계시나요?"

교장 선생님은 천천히 고개를 끄덕였다.

"절 도와주실 수 있어요? 제가 처형당하지 않게 도와주실 수 있냐고요?"

교장 선생님은 파린을 지긋이 바라보았다.

"나는 단 한 번도 학생들에게 거짓말을 한 적이 없고 지금 너에게도 역시 진실만을 말한다. 너는 네 운명을 받아들어야 해. 너는 좋은 심성을 가진 아이다. 지금껏 겪어 온 모든 것에도 불구하고 네가 우리 학교 학생이었다는 사실을 기쁘게 생각한다. 이걸 말하러 여기에 왔어. 그리고 내가 할 수 있는 최대한의 호의를 베풀어 주고 싶다."

선생님은 가방을 들어 올리더니 테이블 위에 놓았다.

"이불을 가져왔다."

교장 선생님은 가방을 열었다.

"혁명군이 네게 줘도 좋다고 하더구나. 감방이 춥다는 걸 알고 있지."

파린은 감사하다고 말하고 이불에 손을 뻗으려 했다. 순간 머릿속에 어떤 생각이 퍼뜩 떠올랐다. 파린은 테이블 아래를 살펴보았다. 다른 가방은 없었다.

교장 선생님은 가방을 하나만 가지고 왔다.

"사디라에게 주세요."

"파린, 내가 사디라도 볼 수 있을지 모르겠다. 네 면회도 간신히 허가받았단다."

"사디라가 추위에 떠는데 나만 따뜻하게 지낼 수는 없어요! 사디라가 추워하는데 어떻게 나만 따뜻하게 있을 수 있어요?"

파린은 눈물이 그렁그렁한 채 외쳤다.

"파린."

"저는 사디라를 사랑해요."

파린이 흐느꼈다.

"교장 선생님은 이해 못해요! 우리는 그저 같이 있고 싶을 뿐이라고요. 우리는 죽고 싶지 않아요!"

파린은 고개를 팔 위에 묻고 흐느꼈다.

교장 선생님은 손을 파린의 머리 위에 지긋이 얹었다.

"나는 100퍼센트 혁명을 지지한다. 나는 혁명의 시작부터 함께했고 내 평생을 혁명을 위해 살아 왔어. 하지만 내 혁명 안에서 어린이는 처벌받지 않는다. 네게 이런 일이 일어나서 유감이구나."

파린은 고개를 들고 소매로 눈물을 닦았다. 그러고 나서 이불을 테이블 저편으로 밀었다.

"혁명을 지지하시는 건 잘 알겠으니 이 이불을 사디라에게 가져다 주세요."

혁명군이 다가왔다. 면회 시간이 끝난 것이다.

교장 선생님은 파린을 껴안았다.

파린은 선생님을 꼭 잡았다. 파린이 이 늙은 교장에게 화가 났다 해도 그건 상관이 없었다. 파린은 누군가의 품이 필요했고 선생님 말고 다른 사람은 없었다.

"사디라에게 이불을 가져다 주마. 네가 준 거라고 말해 줄게. 그리고 사디라가 따뜻하길 바란다는 너의 마음도."

"고맙습니다."

교장 선생님은 파린을 꼭 안았다.

"편히 쉬어라, 나의 아이야. 힘든 시련이 닥칠 때 네게 가장 큰 기쁨을 안겨 주었던 시를 생각해 보아라. 행복했던 시절과 사랑하던 사람들을 생각하여라. 이 세상을 떠나는 순간 그러한 좋은 생각만 가지고 가거라."

"제 부모님에게 죄송하다고 전해 주실 수 있나요?"

교장 선생님이 파린을 가만히 바라보았다.

"정말 그러니?"

"아뇨."

파린은 순순히 인정했다.

"그래야 내 학생이지."

교장 선생님은 파린에게 조용히 속삭였다.

"진실은 언제나 중요하다. 그것이 우리를 어둠의 세계로 이끌고 간다 해도 말이지."

혁명군이 파린을 끌고 감방으로 데리고 갔다.

파린은 시간이 얼마나 남았는지 알 수 없었다. 팔로 몸을 감싸고 사디라를 생각했다. 이불로 몸을 감싸고 따뜻함과 사랑을 느낄 사디라를.

파린은 이틀 동안 감방 안에서 몸을 떨며 사디라를 떠올렸다. 따뜻함과 사랑을 느끼는 사디라를.

세 번째 날이 되자, 혁명군이 들어왔다.

죽음의 시간이 되었다.

21장

"네가 죽고 나서 찾으러 올 사람이 있는가?"

혁명군이 물었다.

"뭐라고요?"

"네 시체 말이야. 우리가 교수대에서 네 시신을 내린 다음 어떻게 처치해야 하느냐 말이다."

파린은 체포된 뒤로 음식을 먹은 적이 없었다. 파린은 몹시 지쳤고, 뼛속까지 시린 추위에 시달린 데다 너무 무서워 무슨 일이 일어날지 생각할 겨를조차 없었다. 파린은 아무 대답도 하지 않았다.

"들판에 버릴 시체가 하나 더 늘어났군."

혁명군이 말했다.

"내가 무덤을 팔 필요만 없다면. 때로 우리는 죄수들에게 자기 무덤을 스스로 파게 하지. 하지만 꾸물대면서 하루 종일 걸리기 일쑤라서. 날씨만 좋다면야 나는 상관없어. 하지만 그만큼 일이 뒤로 밀려. 요즘에는 일정에 딱딱 맞추려면 밤낮으로 일해야 겨우 일을 마칠 수 있을 정도라니까. 그럼 수의는?"

"뭐요?"

이 말 덕분에 파린이 온정신으로 돌아왔다.

"수의마저 없다고는 하지 마. 우리가 하나 제공한다면 그 값은 네 가족이 치러야 하거든. 사무실에서 네 장례에 얼마나 시간을 할애할지는 모르겠어. 분명히 기본 사항 외에는 시간을 내주지 않을걸. 하긴 네 수의 걱정이야 나중에 해도 되지. 자 이제 널 매달러 가야지."

파린은 아무렇지도 않게 수다를 떠는 혁명군을 따라 비틀거리며 걸어갔다.

"많은 사람이 이 단계에 오면 이제 전부 끝났다는 사실에 행복해하지."

혁명군이 말했다.

"걱정하고 기다리는 일이야말로 분명히 끔찍할 거야. 간혹 어떤 사람들은 체포되고 한 시간도 안 되어 처형당하기도 해. 차라리 그게 나을지도. 다른 군인들은 내 생각에 동의하지 않아. 사람들을 궁지에 몰아넣으면 사람들은 복종하는 법을 배우더군. 그러면서 사회의 더 나은 구성원으로 재탄생하게 되지. 하지만 이러나저러나 죽일 작정이라면 뭣 하러 고통을 더 주지? 바닥이나 엉망으로 만들면서 말이야!"

혁명군은 완전히 별일 아니라는 말투였다. 이런 일은 혁명군에게 일상이라는 사실을 깨달았다. 그냥 흔히 일어나는 일과 중 하나일 뿐.

"이봐, 여기 잠깐만 와 주겠소?"

누군가 혁명군을 부르는 소리가 들렸다.

"사형수 배달하러 가는 길인데."

"다른 사람보고 하라고 하지. 당신 수당받으려면 여기 서류에 빈 칸을 채워야지."

"그거 이미 했는데요."

"흠, 딱 보니 제대로 하지 않은 것 같은데. 그러니 다시 쓰도록 해요. 그냥 지금 와서 하면 된다고, 알겠지? 그러면 내 할 일은 끝나."

"알겠어요."

혁명군은 파린을 벽 앞에 세웠다.

"여기에 있어."

파린의 손은 묶여 있었고 눈가리개도 **빡빡하게** 씌워져 있었다. 하지만 조금만 움직이면 떨어질 것도 같았다.

'차라리 그게 낫겠다. 도망갈 수 있잖아.'

정말로 그렇게 하려는데 누군가 파린의 팔꿈치를 잡았다.

"내가 죄수를 데려가지. 서류 다 쓴 다음에 좀 쉬지 그래?"

남자 혁명군이 말했다.

"좋아요."

여자 혁명군이 말했다.

파린은 남자 혁명군을 따라 걸었다. 여자 혁명군의 무의미한 수다에서 벗어나 안도했다. 지금이 생애 마지막 순간이라면 조그만 평화가 필요했다. 파린은 사디라를 생각하고 싶었다. 행복한 순간을 기억하고 싶었다.

"내가 뭐라 하든 반응하지 마."

혁명군이 조용히 속삭였다.

"난 너를 빼내려는 네 아버지에게 고용된 사람이야. 하지만 내가 하라는 대로 해야 해. 무슨 말인지 알겠지?"

파린의 심장이 쿵쿵 뛰었다. 부모님은 파린을 버리지 않았다!

"사디라는요?"

파린이 물었다.

"이미 빼냈다. 네 아버지 말이 네가 사디라 없이 나오려 하지 않을 거라더군. 그래서 어제 사디라를 빼냈지. 하지만 오늘은 경계 태세라서 나가기가 어려울 거야. 조용히 해. 사람들이 다가오고 있어."

파린은 신호가 오길 기다리며 주의 깊게 들었다. 혁명군은 다른 혁명군들과 인사를 주고받았다. 조금 멀리 떨어진 곳에서 총소리가 들렸다.

"그냥 총살형 소리야. 준비됐지?"

혁명군이 파린을 다시 이끌며 말했다.

혁명군은 돌연 방향을 틀더니 빠르게 걸었다. 파린도 옆에서 발을 맞추었다. 그러다 갑자기 땅에서 붕 뜨더니 트럭 뒤 짐칸으로 들어갔다. 파린은 냄새나는 옷 무더기 속에 묻혔다.

트럭이 출발하는 느낌이 들었다. 앞으로 가다가 멈추고, 다시 출발하다 멈추고 다시 출발하고, 그러다 방향을 바꾸고는 속도를 높였다.

'고속도로인가 보구나. 에빈 교도소를 빠져나왔어.'

트럭은 오른쪽으로 가지 않고 왼쪽으로 방향을 돌렸다. 테헤란에서 벗어나 북쪽으로 가고 있었다.

'산맥으로 가고 있나 봐. 바닷가로 가고 있어.'

트럭을 타고 가면서 파린은 조용히 있었다.

어깨에 일어난 경련이나 주변에 퍼져 있는 악취 따위는 신경 쓰지 않았다. 앞에 일어날 일이 무엇이든 간에 뒤에 남겨진 것보다는 백번 나았다.

오랜 시간이 지났다. 연료를 넣으려 딱 한 번 차를 세운 뒤 다시 길을 내달렸다. 밤이 되어서야 운전수는 차를 세웠다.

파린은 트럭 운전석에서 누군가 나와 뒤로 돌아오는 소리를 들었다.

"파린, 괜찮아요?"

냄새나는 옷이 들쳐졌다. 파린이 고개를 들었다. 아마드였다.

"아버지가 혁명군 몇몇에게 뇌물을 주었어요. 이제 이란 밖으로 아가씨를 빼낼 거예요. 부모님은 이미 빠져 나가셨고요."

"사디라는요?"

"사디라는 먼저 나갔어요. 국경을 넘으면 아가씨를 기다리고 있을 겁니다."

아마드는 파린이 앉을 수 있게 도와주고 물과 음식을 주었다.

"우리는 계속 이동해야 해요. 트럭 뒤에 좀 더 있어도 괜찮겠어요?"

파린은 기꺼이 그렇게 했다. 파린이 다시 옷 더미 아래로 기어들어 가자 아마드는 다시 차를 출발했다. 파린은 옷 더미 속에서 꿈틀꿈틀 움직여서 얼굴 주변에 공간을 조금 만들었다. 밤공기는 시원하고 신선했다.

파린은 멍해졌다. 조금 전까지만 해도 죽은 목숨이었는데, 곧바로 다시 살 기회를 얻었다. 사디라와 함께 할 기회를! 트럭 뒤 짐칸은 사방이 막혀 있고 파린은 완전한 어둠 속에 있었지만, 현재 죽음에서 자유로 가고 있다는 사실을 알았다.

길은 울퉁불퉁했다. 아마드가 검문소를 피하려고 주요 고속도로에서 떨어져 가고 있는 모양이었다.

눈에 보이지 않았지만 저 멀리 달이 있다는 걸 알았다. 사디라가 어딘가 안전한 곳, 달 아래에서 자신을 기다리고 있다는 것도.

'기다리기 힘들어. 너무나도 보고 싶어. 아, 부모님을 이렇게 오해하다니! 다시 만나면 진심으로 용서를 빌고 사과해야지. 사디라가 내 옆에 있다고 해도 부모님이 자랑스럽게 여기는 딸이 될 테야. 부모님이 원하는 건 뭐든지 해야지. 원한다면 샤 부흥 캠페인이라도 동참할 거야!'

길이 험난했지만 옷들이 쿠션 역할을 해 주었다. 너무 신나서 잠들기 힘들다고 혼자 중얼거렸다. 다음에 일어날 일이 뭐든 맞이하기 위해 깨어 있어야 했다. 하지만 너무나 지쳐서일까? 파린은 결국 잠들고 말았다. 남은 밤과 그다음 날 아침까지 파린은 꿈도 꾸지 않고 깊이 잠들었다.

22장

파린은 별안간 쏟아지는 햇살에 깜짝 놀라 잠에서 깼다. 누군가 트럭 뒷문을 열었다. 파린은 침착하게 꼼짝 않고 있었다. 얼굴을 충분히 가렸으니 보이지 않기를 바랐다. 누군가 신속하게 검사를 한다 해도 들키지 않을 것 같았다.

"차를 갈아타야 합니다. 일어나요. 빨리요."

아마드가 말했다.

파린은 잽싸게 움직였다. 후들거리는 다리로 트럭에서 내려왔다.

"이걸 입어요."

아마드는 파란색 아프가니스탄 부르카를 건넸다. 이란에서 입는 검정 차도르와는 다른 모양이었다. 차도르를 입으면 여자의 얼굴이 그대로 드러난다. 부르카는 꼭 텐트 같아서 얼굴은 물론 몸을 몽땅 다 덮는다. 작은 천으로 된 가림막이 눈 위에 걸쳐 있어서 이를 통해서만 겨우 밖을 볼 수 있다.

옷은 너무 헐렁하고 입기 힘들었다. 이전에는 한 번도 이런 옷을 입어 본 적이 없다. 파린은 옷을 어떻게 입으면 좋을지 알아내느라 낑낑댔다.

"서둘러요. 입으라고요!"

본능적으로 파린은 아마드에게 상하 관계를 다시금 일깨워 주려고 했다. 아마드는 하인이고 자신은 상관의 딸이라는 사실을. 하지만 지금은 생각으로만 남겨 두고 입 밖에 내지 않는 게 좋겠다고 생각했다. 파린은 부르카를 겨우 다 입고 아마드를 따라 트럭 뒤에 주차된 작은 차로 갔다.

"이 차는 누구 거예요?"

"아버님이 정해 놓은 계획 중 하나입니다. 차를 갈아타는 게 좋아요. 미행당할 경우를 대비해서 말이죠. 이제 연료도 충분하니 계속 차를 몰고 가야 해요."

"차 안에 있는 동안에는 이거 벗고 있을래요."

"계속 입고 있어요."

파린은 그대로 있었다. 뭐든 상관없잖아? 아마드와 파린은 다시 고속도로를 달려 사디라에게 점점 더 가까이 가고 있었다. 파린은 자기가 뭘 입고 있든 관계없었다. 부르카는 훌륭한 위장 도구였다. 부르카를 뒤집어 보지 않는 한 파린은 그냥 아무개였다.

만약 악마 사냥꾼 이야기를 다시 쓴다면 사냥꾼의 복장은 부르카가 될 터였다. 이야기 속에서 부르카를 입은 여인이 미스테리를 해결한 적이 있었는지는 확실하지 않지만.

파린이 앉은 자리 옆에는 빵과 따뜻한 오렌지 탄산수가 있었다. 낯선 옷을 입고 음식을 먹는 일이 조금 어렵긴 했지만 그럭저럭 먹어 치웠다.

"우리 지금 어디예요? 보아하니 카스피해로 가는 것 같은데."

"파키스탄으로 가고 있어요. 이 길이 가장 좋아요. 터키를 통해 가는 건 너무 위험해요. 파키스탄에 있는 국경이 조금 더 개방되어 있어요."

"거기서 사디라가 기다리고 있나요?"

"사디라에 대해서는 걱정할 것 없어요. 사디라는 지금 안전해요. 자, 이제 조용히 해요. 검문소에 거의 다 왔으니."

혁명군이 고속도로 한복판에 검문소를 세워 놓았다. 눈을 가린 가림막을 통해 보니, 총을 찬 남녀가 차를 세우고 신분증을 살펴보고 있었다.

"내가 말을 할 거예요. 아가씨에게 뭐라 물으면 내가 말하는 대로 해야 합니다. 눈을 계속 바닥 쪽으로 내리깔고 있어요. 고개 들지 말고요. 조금이라도 이상한 모습을 보이면 의문을 품을 겁니다. 무슨 말인지 알겠죠?"

"알겠어요."

파린이 탄 차의 순서가 되었다. 아마드는 차창을 내리고 신분증을 보여 주었다.

파린은 바닥만 주시했다. 혁명군이 신분증을 펼치는 소리가 들렸다.

"아프간 사람인가?"

"네."

"저 여자는?"

"제 아내입니다."

아마드는 파린 앞에 손을 뻗고는 차 사물함에 손을 넣었다. 아마드가 무엇인가를 꺼내는 모습이 보였다.

"여기 결혼 증서가 있습니다."

혁명군은 증서를 유심히 쳐다보았다.

"여기서 뭐하는 건가?"

"마슈하드*이란 동북부에 있는 도시―옮긴이에 다녀오는 길입니다. 건설 현장에서 아프간 사람을 고용한다는 소식을 들었는데, 제가 막상 그곳에 갔을 때에는 이미 남은 일자리가 없었습니다."

혁명군은 이 말을 듣고 곰곰이 생각하더니 종이를 넘겨주고 가라며 손짓했다.

파린은 검문소에서 멀어질 때까지 잠자코 기다리다 물었다.

"그 종이 어디서 난 거예요?"

"아버님이 아시는 분께서 주셨지요. 누구인지 자세히는 몰라요. 신분증을 만드는 사람들이라는 것뿐."

"그럼 그건 전부 가짜네요."

"저는 그저 아버님이 시키는 대로 할 뿐입니다."

둘을 태운 차는 달리고 또 달렸다. 파린은 사디라에 대해 몇 번 더 물었지만 아마드는 별다른 말을 하지 않았다. 파린은 어떻게든 깨어 있으려고 노력했다. 차 안은 뜨거웠고 부르카는 공기가 잘 통하지 않았다. 파린은 제대로 깨어 있기 힘들었다. 있는 힘껏 깨어 있으려고 애를 썼지만 몇 번이고 꾸벅꾸벅 졸았다. 잠이 깰 때마다 다시 졸기 일쑤였다.

두 사람이 난민 캠프에 다다랐을 때에는 이미 해가 지고 있었다. 아마드는 파린을 뒤로한 채 차에서 나오더니 캠프에 있는 사람들과 이야기하러 갔다. 파린은 차에 혼자 있으니 왠지 더 튀는 것 같았다. 지나가는 사람마다 창문으로 파린을 쳐다보았다. 파린은 마음속으로 저 사람들은 내 얼굴을 볼 수 없어, 저 사람들이 보는 사람은 부르카를 뒤집어쓴 어떤 여자일 뿐이야 하고 되뇌었다. 하지만 그래도 무방비 상태로 여겨졌다. 아마드가 보이지 않았다. 누가 자기더러 여기서 뭐 하냐고 물으면 뭐라고 대답하지? 남편이 자길 두고 사라져 버렸다고 말해야 하나? 자신이 이방인이라는 사실을 아는 것은 아닐까?

오랜 시간이 흐른 뒤에야 아마드가 돌아왔다.

"내려요."

아마드가 문을 열었다.

"어디 갔었어요?"

"말하지 말아요."

대꾸하고 싶은 말이 수천 개였지만 파린은 속으로 꾹꾹 눌러 담았다.

'그냥 사디라에게만 데려다 줘. 사디라에게 데려다 달라고.'

아마드는 파린을 텐트와 넝마로 만든 대피소와 쓰레기로 만든 가건물이 늘어서 있는 곳을 지나 캠프에서 멀리 떨어진 텐트로 데리고 갔다.

"여기서 자요."

아마드는 그렇게 말하고는 자리를 떠 버렸다.

이곳 텐트도 여자와 아이들로 북적였다. 하지만 할아버지의 텐트에서 지냈던 것처럼 재미있지는 않았다. 이불도 충분하지 않았다. 어린아이들은 밤새도록 기침을 했다. 보통 때 하는 기침이 아닌 정말 가슴에 심각한 문제가 있어서 나오는 기침이었다. 부르카를 벗어도 될지 안 될지 확신이 서지 않았던 파린은 그대로 입고 밤을 보냈다. 숨 쉬기가 힘들어 밤에 깨기를 몇 번, 마치 잠이 들 때마다 부르카가 목을 조이는 느낌이었다.

다음 날, 파린은 뭘 해야 할지 몰라서 텐트 옆에 오도카니 앉아 아무 말도 하지 않았다. 여자 몇몇이 다가와 뭐라 물어보았지만, 파린은 알아듣지 못하는 척했다. 그 뒤 몇 번이고 여자들은 파린을 혼자 남겨 두었다. 그들에게는 파린 말고도 걱정할 일이 얼마든지 널려 있었다.

드디어 아마드가 파린을 데리러 왔다. 파린은 캠프 밖을 나와 아마드를 따라갔다.

아마드는 파린을 또 다른 차로 데리고 갔다. 이번에는 뒤 칸이 뚜껑으로 덮인 작은 트럭이었다. 아마드는 파린에게 뒤에 타라고 손짓한 뒤 자신은 앞에 운전수와 함께 탔다. 뒤에는 여자와 아이들로 북적거렸고 여기에 양과 닭까지 엉켜 있었다. 그래도 파린은 올라탔다. 다른 여자들이 파린이 앉을 수 있도록 조금씩 자리를 양보했다. 파린은 어린아이를 안아야 할지 닭이 잔뜩 들어 있는 우리를 들어야 할지 선택해야 했다. 파린이 망설이자 누군가 파린에게 닭 우리를 건넸다. 파린은 우리가 떨어지지 않도록 손잡이를 꼭 잡았다. 닭이 주둥이로 파린의 손가락을 쪼아 댔다.

파린은 언제까지 이런 식으로 앉아 있어야 할지 도무지 알 수 없었다. 같은 자세로 오랫동안 앉아 있으니 온몸에서 쥐가 나는 것 같았다. 아마드에게 말을 걸어 보고 싶었지만 그것 때문에 주목받고 싶지도 않았다. 그래서 마냥 앉아 아파도 꾹 참았다. 매 시간 불편하게 가고 있지만 그럴수록 사디라와 가까워지는 셈이니까.

몇 시간이 지나고, 트럭이 길 한쪽에 멈춰 섰다.

아마드가 모습을 드러냈다.

"나와."

뒤에 부르카를 쓴 여자가 몇몇 있었기에 아마드는 누가 누군지 분간할 수 없었지만, 파린은 알고 있었다. 파린은 누군가에게 닭을 넘겨주고 트럭 밖으로 휘청거리며 나왔다. 발은 빳빳하게 굳어 있었다. 파린은 발을 몇 번 쿵쿵 딛고는 주위를 둘러보았다.

보이는 것이라고는 아무것도 없었다.

"여기서부터 걸어갈 거예요."

아마드는 파린에게 조그만 보따리를 건넸다.

"여기에 물 조금하고 음식이 있어요. 긴 여행이 될 테니 낭비하지 말고요."

파린은 얼마나 걸어야 할지 알 수 없었다. 저 멀리 헐벗은 바위 투성이 언덕은 한낮에는 오븐처럼 뜨겁고 밤에는 몸이 시리도록 추웠다.

"국경이 바로 저 앞에 있어요. 여기서는 아주 조심해야 합니다. 이란과 파키스탄 경비군을 피해 가야 해요. 그리고 난민들을 약탈하는 강도들도 있어요. 되도록 가까이 있으면서 내가 하라는 대로 해요."

파린은 고분고분했다. 아마드가 엎드리라고 하면 바닥에 찰싹 달라붙어서 고개를 숙였고 아마드가 뛰라고 하면 뛰었다. 발이 물집으로 뒤덮인다 한들 상관없었다. 둘은 언덕을 기어 올라갔다가 계곡 아래로 내려갔고, 바위 사이를 재빨리 오가고 했다.

"이 안에 있어요."

아마드는 바위 틈 사이를 가리키며 말했다.

"해가 떨어질 때까지 기다렸다가 어두워지면 파키스탄으로 넘어

갈 거요. 움직이지 말아요. 돌아올 테니."

파린은 바위 사이에 난 작은 공간에 몸을 끼워 넣었다. 보이는 것이라곤 푸른 하늘과 저 멀리 바위만 가득한 언덕 꼭대기뿐이었다. 이런 곳에 옴짝달싹 못하고 조용히 있으려니 색다른 고문을 받는 느낌이었다. 특히 자동차가 지나가는 소리가 들리면 더했다. 파린은 자신이 지금 어디에 있는지 알 수도 없었고 누군가에게 들키면 어디로 도망가야 좋을지도 몰랐다. 그저 할 수 있는 일이라고는 하늘이 파란색에서 회색으로, 그리고 검은색으로 변하는 과정을 보는 것이 다였다.

무사히 밤에 접어들자 파린은 구멍에서 빠져나와 아마드가 데리러 오기만을 기다렸다.

"빨리 나와요."

'여기에서 멀리 달아날 수만 있다면.'

파린은 아마드가 밟았던 길을 재빨리 뒤따랐다.

파린은 아마드 뒤에 머물면서 부르카를 얼굴 가까이 끌어당겼다. 가림막이 밖을 볼 수 있는 유일한 통로였다. 부르카 안에서는 숨쉬기가 힘들었다. 숨을 쉬느냐 밖을 보느냐 둘 중에 하나를 선택하는 일은 여간 어려운 일이 아니었다.

둘은 몇 시간이고 계속해서 걸어갔다. 드디어, 산마루 바로 아래에서 아마드가 멈춰 섰다.

"드디어 파키스탄에 도착했습니다. 이란을 벗어났어요."

23장

파린은 부르카를 벗어 던지고 춤이라도 추고 싶었다. 하지만 움직이기도 전에 아마드가 막았다.

"계속 입고 있어요. 그리고 따라와요."

'당신이 내게 몇 번 명령을 내렸는지 다 세고 있어.'

파린은 속으로 생각했다. 그래도 겉으로는 하라는 대로 했다. 둘은 나머지 언덕을 올라갔다. 맨 꼭대기에서 파린은 멈칫했다. 아래에는 거대한 난민 캠프가 쭉 뻗어 있었다. 텐트와 진흙으로 만든 집만 눈에 들어왔다. 게다가 많고 많은 사람들.

"이게 뭐예요?"

아마드는 아무 대답도 하지 않았다.

"우리 부모님이 여기에 계세요?"

아마드는 그저 걸음만 재촉했다.

파린은 별 수 없이 아마드의 뒤를 쫓아가야 했다.

둘은 캠프 안으로 들어섰다. 파린은 아마드 뒤에 바짝 섰다. 아마드는 구불구불한 골목길과 좁다란 통로 사이로 서둘러 갔다. 악취가 지독하게 풍겨 나왔다. 양옆으로는 하수관이 입을 벌리고 있었다. 파리며 아이들, 쓰레기가 온 천지에 깔려 있었다. 어떤 남자가 오렌지를 한 무더기 실은 수레를 밀며 파린에게 다가왔다. 길이 너무 좁은데도 남자는 기어코 비집고 들어왔다. 파린은 균형을 맞추려고 무던히 애를 썼지만 비틀거리다가 떨어지고 말았다. 발 한짝이 하수도로 빠지고 말았다.

"지금 뭘 한 거야! 어떻게 씻으려고? 잘하는 짓이다!"

아마드는 파린을 야단치고는 계속 걸었다. 파린이 밖으로 나올 수 있게 도울 생각조차 없었다.

파린은 다시 길 위로 올라오려고 했지만 발이 계속 미끄러졌다. 결국 부르카를 입은 어떤 여인이 파린이 가엾게 보였는지 팔을 뻗어 주었다. 파린은 겨우 길로 빠져나왔다.

파린은 고맙다는 인사를 하고 서둘러 아마드에게 갔다.

드디어 높다란 진흙 벽으로 만든 대문 앞에 다다랐다. 입구에는 찢어지고 더러운 커튼이 드리워져 있었다. 아마드는 커튼을 옆으로 밀고 누군가를 불렀다.

사람들이 밖으로 나와 아마드를 반가이 맞이했다. 아마드에게 앉을 자리를 마련해 주고는 차를 대접하기도 했다. 파린은 입구에 서서 기다렸다. 혹시라도 잘못될까 봐 얼굴을 드러내기가 두려웠다.

사람들은 모두 파린이 잘 모르는 언어로 이야기했다. 아마드가 너무도 쉬이 대화를 하는 모습이 놀라웠다. 아마드는 파린과 있을 때에는 언제나 페르시아어로 말했다. 어느 시점에선가 사람들이 파린에 대해 이야기하고 있는 게 틀림없었다. 아마드가 파린의 발 위에 묻은 쓰레기를 가리키자 모두들 그곳을 뚫어져라 쳐다보았기 때문이다.

드디어, 여자 몇몇이 파린에게 다가와 아담하게 생긴 다른 건물로 데리고 갔다. 그곳에는 진흙으로 만든 집 몇 개와 벽으로 둘러싸인 가건물이 있었다. 사람들이 부르카를 벗기자 그제야 살 것 같았다. 신선한 공기가 폐 속으로 가득 들어왔다.

"우리 부모님이 여기에 계시나요?"

파린이 물었지만 사람들은 무슨 소리인지 알아듣지 못했다. 사람들은 파린을 씻긴 뒤 혼자 남겨 두고 자리를 떴다.

파린은 앉아서 기다렸다. 아이들 한 무리가 파린 앞에 멈춰 서더니 재미있다는 양 멀뚱멀뚱 쳐다보았다. 모두들 콧물을 질질 흘리고 있었고 머리도 헝클어진 채였다. 옷은 너무나 더럽고 거의 맨발이었다.

"안녕."

파린이 인사했다. 아이들은 그저 낄낄거리기만 했다.

누군가 파린에게 차 한 잔과 빵을 가져다 주었다. 파린은 덥석 집어 먹었다. 배가 고파 죽을 지경이었기 때문이다. 파린의 그런 모습을 보며 아이들의 눈이 휘둥그레졌다. 결국 파린은 빵을 아이들에게 주고 말았다. 아이들은 빵을 집어 눈 깜짝할 사이에 먹어 치웠다.

파린 주위에서 계속 일이 돌아갔다. 여자들이 물을 한 양동이 떠오더니 아이들을 씻기고 빨래를 하려 했다. 파린 또래의 여자아이는 빗자루를 들고 와 마당을 쓸고 가지 몇 개를 한데 묶었다. 침구는 햇빛을 잘 받을 수 있도록 쫙 펼쳤다. 다른 여자들은 동물의 똥을 한 가득 가지고 와 평평한 팬케이크처럼 만든 뒤 막사 중 하나의 벽에 철썩 붙였다. 파린은 저 사람들이 대체 뭐 때문에 저렇게 바쁜지 알 길이 없었다. 여자 하나가 말린 똥 케이크를 부수어 불을 때울 연료로 썼다.

처음에는 재미있어 보였지만 이내 파린은 참지 못하고 아마드를 찾았다. 파린은 오두막 한 곳에서 아마드를 발견했다. 아마드는 차를 마시며 남자들과 이야기를 나누고 있었다.

"우리 부모님은 어디에 있어요? 그리고 사디라는요?"

아마드는 고개를 획 움직이며 여기서 나가라는 신호를 보냈다.

"우리 부모님은 어디에 있냐고요? 사디라가 날 기다리고 있다고 했잖아요. 지금 가면 안 돼요? 왜 여기서 이렇게 시간 낭비를 하고 있지요?"

"우리를 방해하면 안 되지. 지금 이야기 중이잖아."

"계속 지껄여요. 난 상관 안 할 테니. 하지만 무슨 일인지는 말해

줘요. 여기서 얼마나 더 있어야 하는 거예요?"

아마드가 화를 내며 일어서더니 파린을 마당으로 밀쳤다.

"넌 이제 나에게 그런 식으로 말할 수 없어. 이제 난 네가 명령을 내리거나 위협할 수 있는 그런 사람이 아니야."

"좋아요. 이해해요. 우리 아빠가 시킨 마지막 일을 다 했고 이제 아빠 밑에 있지 않으니까요. 저는 그냥 상황이 어떻게 돌아가는 건지 알고 싶어서 그래요. 그게 다라고요. 우리 얼마나 더 여기 있어야 해요? 언제 사디라를 볼 수 있어요?"

"우리는 여기에 있을 거야."

파린은 아마드가 더 말하길 기다렸지만 더는 말이 없었다.

"여기에 있을 거라고요? 대체 얼마나요?"

"내가 말할 때까지."

아마드는 주머니에서 종이 한 장을 꺼내 펼쳤다. 종이가 다 펴지기도 전에 파린은 그게 무엇인지 알아챘다. 심장이 쿵 가라앉았다.

"우리가 결혼했다는 문서지. 네 목숨을 구해 준 대가의 일부야. 네 아빠는 내게 돈도 주었고 너도 주었어. 이 문서는 진짜라고. 너는 내 아내야."

그렇게 말하면서 아마드는 종이를 다시 접고 남자들에게 돌아갔다.

"나는 절대 동의할 수 없어. 나는 그 누구와도 결혼하기 싫어. 특히 당신하고는."

"너는 살아남았어. 그러니 내게 감사해야 해. 하지만 상관없지. 이제 여기가 네 집이야. 너는 여기에서 살아야 하고 더는 근사한 저택에서 시중 받는 일은 없을 거야. 너도 일을 해야 해. 다른 여자들이 네게 일하는 법을 가르쳐 줄테니 그대로 하는 게 좋을 거야. 내가 아내 하나 제대로 다루지 못한다는 인상을 받게 하지 마."

"사디라는요?"

"너는 네 부모님에게 감사해야 해. 네 부모님 얼굴에 침을 뱉었으니. 부모님이 너를 위해 수고할 필요는 없었는데 말이지. 하지만 네 목숨을 구하기 위해 많은 돈을 지불했고 너는 덕분에 살아남은 거야."

"사디라는?"

파린은 재차 말했다.

"이것도 다 계획의 일부이지. 네 아빠는 네가 교도소에서 나오길 바랐고, 너의 일탈 행동도 끝나길 바라셨지."

"그래서 어떻게 됐는데요?"

파린이 물었다. 그다음에 나올 말이 몹시 두려웠지만 말이다.

"사형대에 올랐지. 사디라는 죽었어."

·24장·

악마 사냥꾼의 심장이 산산이 부서졌다.

그녀의 사랑, 그녀의 마음, 그녀의 기쁨이 모두 죽었다. 오직 죽음을 찬미하기 위해 사는 악마에게 살해당하고 말았다. 세계 무대 위에 최정상의 모습으로 나타나 카메라 앞에서 포즈를 취하고 사람들에게 거짓말을 하며 공식 행사에서 어린아이들에게 꽃을 받는 사람이 동시에 칠흑 같은 감옥 안에서 다른 사람들을 죽이고 폭탄으로 백색광을 터뜨린다.

자신에게 살아갈 이유를 주었던 동반자를 잃고 어떻게 나아갈지 악마 사냥꾼은 알지 못한다. 둘은 그저 잠깐 함께 있었을 뿐이고 맞서 싸워야 할 악마는 너무나도 많다.

악마 사냥꾼은 항복 직전까지 내몰린다. 굴복하여 한낱 보잘 것 없는 행동을 할 위기에 처한다. 납작 엎드려 절하고, 모든 생물의 투지를 말살해 버리는 불의를 받아들이는 행동을. 그녀는 자신이 지지하고 거침없이 말했던 그 모든 일을 잊어버리면 차라리 마음이 편해지리라 생각한다.

진실이라고 믿었던 그 모든 것을 잊어버리는 게 더 쉬울지도 모른다.

그녀는 주변 사람들을 바라본다. 그들은 대체로 선하다. 그저 단 하루라도 더 살기 위해 열심히 일하며 끔찍한 역경에 맞서 고군분투한다. 저들과 일상생활을 함께 한다는 것은 저주가 아닐 것이다. 일상생활 자체는 저주가 아니기에, 그리고 가난은 불평등의 산물이요 신의 결정 사항일 뿐이기에.

하지만 이는 그녀의 진실이 아닐 터였다. 그녀가 받아들인다면, 악마는 그녀가 죽은 것이나 다름없다는 것을 알게 될 터였다. 그러면 그녀에게는 껍데기만 남아 슬픔 외에는 남은 것이 없을 것이고, 그 텅빈 공간에 쓰라림과 분노만이 채워질 터였다.

악마 사냥꾼은 낮이 저녁으로, 저녁이 밤으로 바뀌는 모습을 바라본다. 그녀는 앉아서 바라보고, 생각하고, 기다린다.

그리고 저 벽 너머로 달이 뜨며 그녀를 환하게 비출 때 똑바로 일어선다. 그녀는 그림자 속으로 슬며시 들어가 대문을 빠져 나간다.

그녀는 발 한 짝을 앞에 디딘다. 달은 그녀 위에 머물러 있다.

그녀는 어디로 가는지 모른다. 다음 악마가 언제 나타날지도 알지 못한다.

하지만 계속 전진할 것이다.

달을 따라 갈 것이다.

글을 끝내며

작가의 말

   2013년 여름이 막 시작되던 날, 저는 어떤 여성을 만났습니다. 그분은 이란에서 보낸 어린 시절에 대해 전해 주었지요. 이 책을 쓰는 계기가 된 이야기입니다. 그분은 자신이 겪은 경험을 공유하고자 했지만, 아직도 이란에 있을 가족을 보호하기 위해 신분은 비밀리에 남겨 두어야 했습니다. 몇몇 내용이 바뀌긴 했어도 이야기의 핵심은 오롯이 그녀의 것입니다.

   이란은 시인과 과학자, 영화감독 및 예술 장인, 운동선수와 학계에서 걸출한 인물을 많이 배출한 나라입니다. 다양한 문화와 관점을 보유한 나라로 많은 사람들이 세계 곳곳으로 진출하고 있습니다. 또한 전통적이며 종교적인 믿음이 깊이 뿌리박혀 있는 나라이기 때문에 많은 사람이 공존과 진보를 보듬지 못하고 좁은 시야에 머물러 있기도 합니다.

여느 나라나 마찬가지로 서로 다른 두 가지 생각이 서로 밀고 당기며 이란의 역사를 형성하였습니다.

이란에서는 대략 만 년 전부터 사람이 살기 시작했습니다. 1502 년 사파비 왕조가 지배할 때부터 1979년 이란 혁명이 일어나기까지, 이란은 샤 또는 왕의 지배를 받았습니다. 20세기에 들어서면서 나라를 이끌어가는 데 더 많은 목소리를 내고자 하는 사람들의 요구가 생겨났고 의회가 1906년에 설립되었지만, 힘은 제한적이었습니다.

1908년, 영국 석유 회사가 이란에서 석유를 발견합니다. 제1차 세계대전 동안에는 영국, 오스만 제국, 러시아가 이란을 점령했습니다. 모두들 석유 공급원을 확보하려고 열을 올렸지요.

1921년 레자 샤 팔레비는 군사 쿠데타를 일으켜 이란을 장악합니다. 새로운 샤가 된 것이지요. 팔레비는 이란을 현대화하고자 했습니다. 새로운 길을 닦고, 전화, 라디오, 영화관, 학교 등을 도입했지요. 하지만 이로 인해 인권과 종교적 전통은 값비싼 대가를 치러야 했습니다. 팔레비는 나치 정권과도 친밀한 관계였습니다. 1941 년 소련과 영국군이 석유 공급을 보호한다는 미명 아래 다시 이란으로 들어와 샤를 내쫓습니다. 대신 그 자리에 아들인 무하마드 레자 팔레비를 앉혔지요. 무하마드는 거의 38년간 샤로 재임했습니다.

새로운 샤는 즉위 당시 아주 어렸습니다. 의회는 이 기회를 이용해 자신들의 권력을 강화하고자 국민 투표를 실시했습니다. 1951년 당시 수상이었던 무함마드 모사데크는 이란의 석유 산업을 국유화하는 방향으로 정책을 펼칩니다. 외국 기업과 손을 끊고 이란에서 나온 이익을 자국의 것으로 만든 것입니다. 그해 말 모사데크는 미국의 CIA와 영국의 MI6을 등에 업은 군사 세력이 일으킨 쿠데타로 축출되고 말았습니다.

그 일이 있은 뒤 샤가 미국의 군사적 지원을 받으며 권력을 잡았습니다. 사바크로 알려진 샤의 비밀경찰은 정치적 반대 세력을 잡아서 고문하고 내쫓았습니다. 1964년에는 이란의 정신적 지도자였던 아야톨라 루홀라 호메이니가 망명길에 올랐습니다.

샤와 샤를 뒤에서 조종하던 서방 세력에 대항하는 사람들은 1979년까지 꾸준히 늘어나 급기야 샤를 국외로 추방했습니다. 아야톨라 호메이니는 망명에서 돌아와 이란의 최고 통치자가 됩니다.

혁명이 일어나고 얼마 지나지 않아 이라크가 미국의 군수 물자 지원에 힘입어 이란을 공격했습니다. 두 나라 간 일어난 전쟁은 십년이나 계속되었습니다. 이라크는 화학 무기를 사용하였고 이로 인해 사망한 이란인은 십만 명에 달했습니다. 아야톨라 호메이니는 화학무기 사용이 신의 뜻에 반하는 것이라고 주장하였으며, 이란은 이라크에 대항하여 화학무기를 절대 쓰지 않을 것임을 천명했습니다. 대신 이란은 최전선으로 엄청나게 많은 군사를 보냈는데, 대부분이 어린이들이었습니다. 1988년에 이르러 전쟁이 막바지에 이르기까지 거의 백만 명의 이란인들이 희생되었습니다.

전쟁이 끝나고 몇 달 뒤, 이란 정부는 국가의 적으로 간주되는 사람이라면 누구든 처단하는 데 박차를 가했습니다. 이때 이란인 수천 명이 처형당했습니다.

이란의 동성애 인권 단체인 호먼에 따르면, 1979년 이래 4천 명 이상의 동성애자들이 사형대에 올랐습니다.

동성애자들에게 사형을 내리는 나라는 이란뿐만이 아닙니다. 2013년 말 기준 사우디아라비아, 모리타니아, 수단, 예맨, 나이지리아 일부와 소말리아에서 동성애자에게 사형 선고를 내렸지요. 아시아와 아프리카, 중남미 일부 국가, 유럽, 카리브해 일대에 걸친 70개가 넘는 나라들이 동성애를 범죄로 간주하고 있습니다. 어떤 나라에서는 벌금을 부과하기도 합니다. 동성애자들에게 과한 노동 명령을 내리거나 교도소에 가두는 나라도 있습니다. 바베이도스와 시에라리온에서는 동성애자들이 평생 교도소에 갇혀 지내야만 합니다. 도미니카공화국에서는 강제로 정신 치료를 받아야 하며, 말레이시아에서는 채찍질을 당하기도 합니다.

이란과 전 세계의 동성애 권리에 대해 자세히 알고 싶은 분은 이곳을 참조하세요.

국제 사면 위원회 Amnesty International www.amnesty.org

국재 동성애 인권 위원회 The International Gay and Lesbian Human Rights Organization www.iglhrc.org

동성애 난민을 위한 이란의 철도 The Iranian Railroad for Queer Refugees www.english.irqr.net

이란 동성애 인권 단체 호먼 Homan www.homan.se/English.htm

자랑스러운 동성애자로서 파린과 사디라의 이야기를 전할 수 있어 매우 영광스럽게 생각합니다. 또한 현실 세계에 살고 있는 파린이 언제 어디서나 평화롭고 행복한 순간을 만끽하며 여생을 즐기기를 기원합니다.

데보라 밀리스

감사의 말

이 책을 만드는데 도움을 아끼지 않은 앤 피더스톤과 게일 윈스킬에게 많은 감사를 표합니다. 자신의 이야기를 공유하며 저를 믿어준 현실 세계의 파린에게도 깊은 감사를 드립니다. 제게 쉼 없이 용기를 불어넣어 준 아빠 키이스 엘리스와 하이디 반 다이크도 고마워요. 또한 제가 이렇게 편한 삶을 살 수 있게 된 것은 저 보다 앞서 진실 위에 당당히 서서 고통과 증오, 외로움에 맞서며 길을 닦아 준 여러분 덕분입니다.

생각해 보아요

- 파린은 자신의 삶을 비밀투성이라고 말합니다. 하지만 무엇인가를 뒤로 숨기는 사람은 파린 뿐만이 아닙니다. 다른 등장인물들이 지니고 있는 비밀과 그 비밀이 세상을 바라보는데 어떤 영향을 끼치는지 논의해 봅시다. 비밀이 없는 사람은 누구인가요?

- 파린이 자신의 또 다른 자아로 악마 사냥꾼을 선택한 이유는 무엇일까요? 사디라가 파린에게 이렇게 묻지요.
  "왜 여자아이가 악마에 대항해서 싸워? 악마의 힘을 빼앗아서 자신의 것으로 만들고 싶은 거야, 아니면 더 좋은 세상을 만들고 싶은 거야?"
  사디라는 이상적인 악마 사냥꾼을 형상화한 것일까요?

글을 끝내며

- 파골이 분필로 그린 웃는 얼굴을 보고 화를 낸 이유는 무엇일까요?

- 파린은 코브라 교장 선생님이 악마에 대해 어떻게 알게 되었을까 궁금해 합니다. 교장 선생님은 공감할 줄도 모르고 딱딱하기 그지없어 보이니까요. 파린이 겪은 경험은 자신의 성격을 형성하는데 어떤 영향을 미쳤을까요? 그 성격은 이야기가 진행되면서 변할까요?

- 파린은 엄마나 부모님이 지닌 가치관을 싫어합니다. 하지만 그만큼 자신도 부모님의 어떤 성격과 닮았습니다. 어떤 점이 닮았을까요?

- 파린이 보기에 부모님이 폭격의 위험을 감수하고 파티를 벌이는 일은 경솔함의 극치라고 생각합니다. 파린과 사디라와는 달리 부모님은 불확실한 미래에 대해 어떻게 반응하는 것일까요?

- 사디라는 가족의 죽음을 두고 이렇게 말합니다.
  "대부분 나는 이 일이 내가 아닌 다른 사람에게 일어난 것처럼 생각하지. 그러면 별로 실감이 안 나."

사디라와 사디라의 아빠, 파골, 교장 선생님, 파린은 각각 죽음을 어떻게 여기는지 생각해 봅시다.

- 달이 파린과 사디라의 관계를 나타내는 완벽한 상징이 된 이유는 무엇일까요? 이야기의 결말로 와서 달은 파린에게 어떻게 의미를 더했을까요?

- 두 소녀가 하피즈 시인의 묘소에 가서 책으로 점을 쳤을 때, 둘이 가리킨 문구는 다음과 같았습니다.
  '그 어떤 죽음도 사랑 안에 생생히 살아 있는 심장을 침범할 수 없으리. 우리의 영원불멸함은 삶이란 책에 아로새겨 있느니.'
  사디라와 파린은 이 글귀를 보고 그저 아름답다고만 여겼습니다. 두 사람이 자신들의 미래를 어떻게 해석했다고 생각하나요?

- 파골이 두 소녀의 행위를 일러바치고 교장 선생님이 부모님을 호출했을 때, 교장실에서 파린의 반응은 사디라의 반응과 사뭇 달랐습니다. 두 소녀의 배경과 성격 차이를 고려해 볼 때 사디라의 반응이 의미하는 무엇일까요?

- 파린과 사디라는 둘이 함께 있을 수만 있다면, 자신들이 알고 있는 모든 것과, 자신들의 안전을 버려도 상관없다고 생각합니다. 자신의 이익에 반하더라도 우리가 이렇게 행동하게끔 만드는 사랑의 힘은 무엇일까요? 파린은 그 논리를 어떤 방향으로 몰고 가나요? 파린은 감정에 얼마나 영향을 받을까요?

- 권력과 권력의 빈약함은 파린과 아마드를 모두 최악으로 몰고 가는 것 같습니다. 권력은 그들이 얽혀 있는 관계에 어떤 영향을 줄까요? 재산은 서로의 관계를 뒤바꾸는데 어떤 역할을 할까요?

- 작가는 현재 동성애자들이 70개가 넘는 나라에서 죄인 취급을 받는다고 말합니다. 그리고 6개 나라에서는 사형을 받는다고 하지요. 서구에서는 동성애자들의 인권이 진일보하고 있는 가운데, 왜 다른 나라들에서는 동성애를 인정하지 않는 것일까요?

이란 지도

터키

투르크메니스탄

카스피 해

메슐

곰바드
카부스

알리사드 동굴 ◉테헤란

쿰

이라크

이스파한

초코잠빌

이란

아프가니스탄

쿠웨이트

페르세폴리스

시라즈

밤

파키스탄

페르시아 만

사우디아라비아

체크 리스트
나는 얼마나 이길 수 있나?

나는 얼마나 이길 수 있나?

관계를 깨뜨리지 않고

유쾌하게
이기는 법
68

이정숙 | 대화전문가 | 지음

🌱 나무생각

나는 얼마나 이길 수 있나?

인생이란 크고 작은 갈등의 가시밭길을 헤치며 나가는 기나긴 여정이다. 성공이란 수많은 갈등을 어떻게 매니지먼트하느냐의 척도라고 할 수 있다. 같은 갈등 상황도 어떤 사람은 쉽게 해결하고 넘어가지만, 어떤 사람은 갈등이 고비를 넘을 때마다 심각한 고통을 겪기 때문이다. 당신은 갈등을 얼마나 잘 매니지먼트할 수 있는지 체크해보고, 만약 갈등의 고비를 넘기기가 어렵다면 《관계를 깨뜨리지 않고 유쾌하게 이기는 법 68》을 통해 이 문제를 해결하기 바란다.

성격 다른 사람과의 ❶ 마찰 지수 체크

다음 질문에 ① 항상 그렇다 ② 그런 편이다 ③ 가끔 그렇다 ④ 그런 적이
별로 없다 ⑤ 전혀 그렇지 않다로 답하시기 바랍니다.

1. 주는 것 없이 미운 사람들이 따로 있다.

   ① 항상 그렇다   ② 그런 편이다   ③ 가끔 그렇다
   ④ 그런 적이 별로 없다   ⑤ 전혀 그렇지 않다

2. 나와 생각이 다른 사람을 보면 나는 그 사람의 생각이 바뀌도
   록 노력한다.

   ① 항상 그렇다   ② 그런 편이다   ③ 가끔 그렇다
   ④ 그런 적이 별로 없다   ⑤ 전혀 그렇지 않다

3. 나는 직장 안에서 이상한 성격을 가진 사람을 많이 만난다.

   ① 항상 그렇다   ② 그런 편이다   ③ 가끔 그렇다
   ④ 그런 적이 별로 없다   ⑤ 전혀 그렇지 않다

4. 나는 잘못을 저지르는 사람에게는 반드시 지적을 해야 속이 시원하다.

　　① 항상 그렇다　　　　② 그런 편이다　　　　③ 가끔 그렇다
　　④ 그런 적이 별로 없다　　⑤ 전혀 그렇지 않다

5. 나는 길거리에서 모르는 사람이 잘못을 저질러도 쫓아가 따지는 것이 옳다고 생각한다.

　　① 항상 그렇다　　　　② 그런 편이다　　　　③ 가끔 그렇다
　　④ 그런 적이 별로 없다　　⑤ 전혀 그렇지 않다

6. 상대방의 고집이나 권위에 굴복하는 것은 비겁한 행동이라고 생각한다.

　　① 항상 그렇다　　　　② 그런 편이다　　　　③ 가끔 그렇다
　　④ 그런 적이 별로 없다　　⑤ 전혀 그렇지 않다

7. 나는 사람을 의심하지 않고 스스럼없이 대해 배신당한 적이 많다.

　　① 항상 그렇다　　　　② 그런 편이다　　　　③ 가끔 그렇다
　　④ 그런 적이 별로 없다　　⑤ 전혀 그렇지 않다

8. 나는 높은 사람에게도 할 말이 있으면 직접 해야 한다고 생각한다.

　　① 항상 그렇다　　　　② 그런 편이다　　　　③ 가끔 그렇다
　　④ 그런 적이 별로 없다　　⑤ 전혀 그렇지 않다

9. 나는 너무나 많은 사람들이 불의를 눈감아주기 때문에 세상이 어지럽다고 생각한다.

　① 항상 그렇다　　　② 그런 편이다　　　③ 가끔 그렇다
　④ 그런 적이 별로 없다　⑤ 전혀 그렇지 않다

10. 나는 마음에 드는 사람이 별로 없어서 외로운 편이다.

　① 항상 그렇다　　　② 그런 편이다　　　③ 가끔 그렇다
　④ 그런 적이 별로 없다　⑤ 전혀 그렇지 않다

80 이상 당신의 점수가 80점 이상이라면 당신의 성
격은 갈등을 쉽게 피해갈 수 있는 편안한
성격의 소유자입니다. 그러나 스트레스에서 완전히 자유로울
수는 없습니다. 《관계를 깨뜨리지 않고 유쾌하게 이기는 법
68》을 전체적으로 읽어보시면 갈등에서 빠져나오는 방법을
쉽게 터득하실 수 있을 것입니다.

60~80 당신의 점수가 60점부터 80점 사이라면
당신은 타인과 비교적 무난하게 지내다가
문득 갈등 상황을 부담스럽게 받아들일 수 있는 개성을 가진
분입니다. 그 부담만 없앤다면 사회 생활을 훨씬 더 잘해서 조
직에서의 성공이 앞당겨질 것입니다. 특히 《관계를 깨뜨리지
않고 유쾌하게 이기는 법 68》을 책꽂이에 꽂아두고 1, 2장 전
체를 참고하시면 도움이 될 것입니다.

40~60 당신의 점수가 40점부터 60점 사이라면
당신은 주변 사람과 다툼이 많은 편일 것
입니다. 그러나 아직 고집불통이거나 꽉 막힌 수준은 아니어

서 갈등은 쉽게 풀리는 편입니다. 하지만 사소한 갈등들이 당신을 괴롭힐 것입니다. 따라서 《관계를 깨뜨리지 않고 유쾌하게 이기는 법 68》 1, 2, 13, 23, 24, 40, 42, 43 항목을 참고하시기 바랍니다.

40 미만

당신의 점수가 40점 미만이라면 당신은 비교적 고립된 상황에 처해 있을 것입니다. 당신 자신은 스스로를 정의로운 사람이라고 생각하지만 남들은 당신을 답답하고 꽉 막힌 사람이라고 생각해 접근을 피하려고 할 것입니다. 타인에 비해 갈등이 발생할 소지도 그만큼 크다고 하겠습니다. 당신은 《관계를 깨뜨리지 않고 유쾌하게 이기는 법 68》을 외울 때까지 보셔야 어느 정도 갈등 조절 능력이 생길 것입니다.

상황에 따른 갈등 ② 매니지먼트 지수 체크

이 체크 리스트로는 당신의 상황에 따른 갈등 대처 능력을 체크할 수 있습니다. 다음 내용을 읽고 ① 항상 그렇다 ② 그런 편이다 ③ 가끔 그렇다 ④ 그런 적이 별로 없다 ⑤ 전혀 그렇지 않다에 답해주시기 바랍니다.

1. 나는 부하 직원 혹은 자녀끼리 싸울 때 싸움을 적극적으로 말리는 편이다.

   ① 항상 그렇다　　　　② 그런 편이다　　　③ 가끔 그렇다
   ④ 그런 적이 별로 없다　⑤ 전혀 그렇지 않다

2. 나는 내가 조용히 책을 읽거나 음악을 감상할 때 남들이 떠들면 달려가서 시정을 요구한다.

   ① 항상 그렇다　　　　② 그런 편이다　　　③ 가끔 그렇다
   ④ 그런 적이 별로 없다　⑤ 전혀 그렇지 않다

3. 나는 아랫사람이 대들면 같이 고함을 친다.

   ① 항상 그렇다　　　　② 그런 편이다　　　③ 가끔 그렇다
   ④ 그런 적이 별로 없다　⑤ 전혀 그렇지 않다

4. 나는 상사가 공과 사를 구분하지 못하면 그것을 알려준다.

　① 항상 그렇다　　　② 그런 편이다　　　③ 가끔 그렇다
　④ 그런 적이 별로 없다　⑤ 전혀 그렇지 않다

5. 나는 남이 나를 무시하면 반드시 그 이유를 물어 사과를 받아 낸다.

　① 항상 그렇다　　　② 그런 편이다　　　③ 가끔 그렇다
　④ 그런 적이 별로 없다　⑤ 전혀 그렇지 않다

6. 나는 무례한 질문을 받으면 눈물부터 나 그 자리에서는 답변을 못하고 돌아서서 후회한다.

　① 항상 그렇다　　　② 그런 편이다　　　③ 가끔 그렇다
　④ 그런 적이 별로 없다　⑤ 전혀 그렇지 않다

7. 나는 손해를 보지 않으려면 반드시 짚고 넘어가야 한다고 생각한다.

　① 항상 그렇다　　　② 그런 편이다　　　③ 가끔 그렇다
　④ 그런 적이 별로 없다　⑤ 전혀 그렇지 않다

8. 나는 아랫사람의 요구가 과다해도 거절하면 상처를 받을까봐 받아들인다.

　① 항상 그렇다　　　② 그런 편이다　　　③ 가끔 그렇다
　④ 그런 적이 별로 없다　⑤ 전혀 그렇지 않다

9. 나는 부모가 내 친구나 연인을 헐뜯으면 대놓고 화를 낸다.

    ① 항상 그렇다   ② 그런 편이다   ③ 가끔 그렇다
    ④ 그런 적이 별로 없다   ⑤ 전혀 그렇지 않다

10. 나는 귀찮은 부탁을 거절하지 못해 곤란을 당한 적이 많다.

    ① 항상 그렇다   ② 그런 편이다   ③ 가끔 그렇다
    ④ 그런 적이 별로 없다   ⑤ 전혀 그렇지 않다

80 이상

당신의 점수가 80점 이상이라면 당신은 갈등을 일으키지 않으려고 노력하며 갈등 상황도 비교적 슬기롭게 극복하는 사람입니다. 그러나 누구도 갈등 상황에 스트레스를 받지 않을 수 없습니다. 스트레스를 해소하지 않으면 정신 건강을 해칠 수도 있습니다. 정신 건강을 위해《관계를 깨뜨리지 않고 유쾌하게 이기는 법 68》을 읽으시기 바랍니다. 당신은 이 책을 한 번만 읽어보아도 갈등에서 오는 스트레스를 많이 줄일 수 있을 만한 자기 컨트롤 능력을 가진 분입니다.

60~80

당신의 점수가 60점부터 80점 사이라면 당신은 갈등을 극복하려고 노력하지만 역부족이라고 느낄 때가 많을 것입니다. 《관계를 깨뜨리지 않고 유쾌하게 이기는 법 68》의 2장 〈상황을 이기는 법〉 편을 참고하면 그런 느낌을 많이 줄일 수 있을 것입니다. 갈등은 잘 못 다루면 깊은 상처가 남기 때문에《관계를 깨뜨리지 않고 유쾌하게 이기는 법 68》로 예방 접종을 맞아두면, 상처가 훨씬 가볍게 지나가도록 할 수 있을 것입니다.

40~60 당신의 점수가 40점부터 60점 사이라면 당신은 어려운 상황에서 나타나는 갈등 때문에 고통받을 때가 종종 있을 것입니다. 《관계를 깨뜨리지 않고 유쾌하게 이기는 법 68》 10, 12, 14, 38, 52, 56 항목을 참고하면 비교적 쉽게 갈등을 조절할 수 있을 것입니다.

40 미만 당신의 점수가 40점 미만이라면 당신은 사회가 당신에게 매우 불리하다는 생각과 부조리와 모순으로 가득 찬 세상에 대한 원망으로 불행하게 살고 있을 가능성이 높습니다. 그러나 다른 사람들은 당신과 달리 그 부조리한 세상을 성공적으로 살고 있습니다. 당신도 《관계를 깨뜨리지 않고 유쾌하게 이기는 법 68》을 책꽂이에 꽂아두고 비슷한 일이 닥칠 때마다 참고해 갈등을 매니지먼트하는 법을 터득하면, 남들 못지않게 편안하고 성공적인 인생을 살게 될 것입니다.

상사와의 **3** 갈등 지수 체크

직장이나 가정에서 윗사람과 잘 지내는 것은 매우 중요합니다. 어떤 경우에나 나보다 윗사람이 나에게 영향을 끼칠 만한 일은 많습니다. 만약 이 체크리스트를 통해 당신이 윗사람과의 갈등을 일으킬 소지가 많은 사람이라면 그것을 개선하려는 노력을 하셔야 할 것입니다. 다음 각 질문에 ① 항상 그렇다 ② 그런 편이다 ③ 가끔 그렇다 ④ 그런 적이 별로 없다 ⑤ 전혀 그렇지 않다에 체크를 해주시기 바랍니다.

1. 나는 윗사람들이 대체로 고리타분하다고 생각한다.

　① 항상 그렇다　　　　② 그런 편이다　　　③ 가끔 그렇다
　④ 그런 적이 별로 없다　⑤ 전혀 그렇지 않다

2. 나는 윗사람에게 잘 보이려고 하는 동료가 싫다.

　① 항상 그렇다　　　　② 그런 편이다　　　③ 가끔 그렇다
　④ 그런 적이 별로 없다　⑤ 전혀 그렇지 않다

3. 윗사람의 비위를 맞추는 것은 실력 없는 사람들이나 하는 것이라고 생각한다.

　① 항상 그렇다　　　　② 그런 편이다　　　③ 가끔 그렇다
　④ 그런 적이 별로 없다　⑤ 전혀 그렇지 않다

4. 나는 윗사람의 잘못을 발견하면 즉각 시정을 요구해야 한다고 생각한다.

① 항상 그렇다　　② 그런 편이다　　③ 가끔 그렇다
④ 그런 적이 별로 없다　⑤ 전혀 그렇지 않다

5. 나는 윗사람도 사람이기 때문에 실수할 수 있고, 실수를 하면 아랫사람에게도 반드시 사과해야 한다고 생각한다.

① 항상 그렇다　　② 그런 편이다　　③ 가끔 그렇다
④ 그런 적이 별로 없다　⑤ 전혀 그렇지 않다

6. 나는 윗사람과도 의견이 맞지 않으면 우기는 것이 정당하다고 생각한다.

① 항상 그렇다　　② 그런 편이다　　③ 가끔 그렇다
④ 그런 적이 별로 없다　⑤ 전혀 그렇지 않다

7. 나는 윗사람들끼리 모이는 곳에 가면 왠지 어색하다.

① 항상 그렇다　　② 그런 편이다　　③ 가끔 그렇다
④ 그런 적이 별로 없다　⑤ 전혀 그렇지 않다

8. 나는 윗사람이 사적인 부탁을 하면 기분이 상한다.

① 항상 그렇다　　② 그런 편이다　　③ 가끔 그렇다
④ 그런 적이 별로 없다　⑤ 전혀 그렇지 않다

9. 나는 윗사람과 가족들이 얽히는 것은 불편하다고 생각한다.

① 항상 그렇다　　　② 그런 편이다　　　③ 가끔 그렇다
④ 그런 적이 별로 없다　⑤ 전혀 그렇지 않다

10. 나는 지금까지 마음에 드는 윗사람을 만난 적이 거의 없다.

① 항상 그렇다　　　② 그런 편이다　　　③ 가끔 그렇다
④ 그런 적이 별로 없다　⑤ 전혀 그렇지 않다

80 이상

당신의 점수가 80점 이상이라면 당신은 윗사람과 잘 지내려고 노력하는 사람입니다. 그러나 너무 많은 것을 참아 속으로는 스트레스를 받을 수 있어 정신 건강이 걱정됩니다. 따라서《관계를 깨뜨리지 않고 유쾌하게 이기는 법 68》1, 2, 3, 8, 9, 10, 23, 24, 44, 45 항목을 참고하시면 정신 건강에 도움이 될 것입니다.

60~80

당신의 점수가 60점부터 80점까지라면 당신은 대체로 상사의 의견과 맞서지 않아야 된다고 생각하지만, 가끔은 자기도 모르게 상사에게 대들어 갈등을 만들 소지가 있습니다. 그럴 때 갈등을 매니지먼트 할 수 있다면 당신은 지금보다 훨씬 나은 직장 생활을 할 수 있을 것입니다.《관계를 깨뜨리지 않고 유쾌하게 이기는 법 68》2, 7, 8, 10, 13, 15, 24, 25, 44, 45 항목을 참고하시면 큰 도움이 될 것입니다.

40~60

당신의 점수가 40점부터 60점 사이라면 당신은 상사의 부당한 처사는 받아들이지 않는 것이 정의라고 생각할 것입니다. 따라서 상사에게 입바른 소리를 해 손해 보는 일이 많을 것입니다. 그러나 상사는 당신의 인사권을 가진 사람입니다. 상사의 부당함을 비굴하지 않으면서 슬기롭게 피하는 방법을 익혀서 직장 생활을 편안하게 해야 행복 지수가 높아질 것입니다. 《관계를 깨뜨리지 않고 유쾌하게 이기는 법 68》 1, 2, 3, 4, 8, 9, 10, 13, 23, 24, 44, 45 항목을 참고하시면 상사와의 갈등을 다스리는 데 큰 도움이 될 것입니다.

40 미만 당신의 점수가 40점 이하라면 당신은 아마 모든 상사를 불신하고 그들 말을 거부할 태세를 갖추고 있을 것입니다. 어쩌면 직장 생활이 생리에 맞지 않는다고 생각할지도 모릅니다. 그러나 직장 생활이 맞지 않으면 자영업도 힘듭니다. 자영업도 고객이라는 상사를 무시하고는 성공할 수 없기 때문입니다. 따라서 당신은 반드시 《관계를 깨뜨리지 않고 유쾌하게 이기는 법 68》을 책꽂이에 두고, 사건이 생길 때마다 해당 상황을 읽고 마음을 다스려야 합니다. 아마 그것이 익숙해지면 당신은 훨씬 넉넉한 마음으로 편안하게 사회 생활을 할 수 있을 것입니다.

부하 포용 ④ 능력 지수 체크

당신은 부하 또는 아랫사람을 얼마나 포용할 수 있는 상사인지 체크해보는 항목입니다. 직장이나 가정에서 누구나 한 사람 이상의 부하를 거느릴 수 있습니다. 직장 내에서 가장 말단인 사람도 외부 용역 직원을 거느릴 수 있는 것입니다. 그러나 상사가 꼭 좋은 것은 아닙니다. 상사라고 해서 대접받는 시대는 지났기 때문입니다. 이제는 부하 직원을 잘 다스리는 상사를 리더로 봅니다. 그러한 리더십을 가져야 직장이나 가정 생활에서 성공할 수 있습니다. 이 항목에서는 현재 당신의 부하 또는 아랫사람에 대한 포용 능력이 얼마나 되는지 체크해보고, 그들을 리드할 수 있는 포용력을 기르시기 바랍니다. 다음 항목을 읽고 ① 항상 그렇다 ② 그런 편이다 ③ 가끔 그렇다 ④ 그런 적이 별로 없다 ⑤ 전혀 그렇지 않다에 체크를 해주시기 바랍니다.

1. 나는 나보다 어린 사람이 버릇없이 구는 것이 싫다.

   ① 항상 그렇다　　　② 그런 편이다　　　③ 가끔 그렇다
   ④ 그런 적이 별로 없다　⑤ 전혀 그렇지 않다

2. 나는 부하 직원이 말대꾸하면 그 자리에서 야단쳐 버릇을 고쳐주는 것이 그를 위하는 것이라고 생각한다.

   ① 항상 그렇다　　　② 그런 편이다　　　③ 가끔 그렇다
   ④ 그런 적이 별로 없다　⑤ 전혀 그렇지 않다

3. 나는 한 번 지시한 일을 두 번 세 번 되풀이하는 무능한 직원 때문에 자주 골머리를 앓는다.

① 항상 그렇다　　　② 그런 편이다　　　③ 가끔 그렇다
④ 그런 적이 별로 없다　⑤ 전혀 그렇지 않다

4. 나는 지시 사항을 즉각 수행하지 않고 꾸물거리는 부하 직원 은 반드시 두 번 세 번 다그쳐서 신속하게 일을 끝내도록 한 다.

① 항상 그렇다　　　② 그런 편이다　　　③ 가끔 그렇다
④ 그런 적이 별로 없다　⑤ 전혀 그렇지 않다

5. 나는 부하 직원이 사적인 전화나 채팅을 하면 불러서 야단을 쳐야 한다고 생각한다.

① 항상 그렇다　　　② 그런 편이다　　　③ 가끔 그렇다
④ 그런 적이 별로 없다　⑤ 전혀 그렇지 않다

6. 나는 부하 직원이 사적인 일로 결근이나 지각을 할 때 반드시 법적인 기준으로 명확하게 허용 여부를 정해야 기강이 선다 고 생각한다.

① 항상 그렇다　　　② 그런 편이다　　　③ 가끔 그렇다
④ 그런 적이 별로 없다　⑤ 전혀 그렇지 않다

7. 나는 아랫사람의 미덕은 윗사람 말을 공경하는 것이라고 생각한다.

① 항상 그렇다　　　② 그런 편이다　　　③ 가끔 그렇다
④ 그런 적이 별로 없다　⑤ 전혀 그렇지 않다

8. 나는 나보다 어린 사람들과의 세대차가 너무 크다고 생각한다.

① 항상 그렇다　　　② 그런 편이다　　　③ 가끔 그렇다
④ 그런 적이 별로 없다　⑤ 전혀 그렇지 않다

9. 나는 나보다 어린 사람들의 옷차림, 인사하는 방법과 말하는 방법 등이 다 마음에 들지 않는다.

① 항상 그렇다　　　② 그런 편이다　　　③ 가끔 그렇다
④ 그런 적이 별로 없다　⑤ 전혀 그렇지 않다

10. 나는 윗사람도 얼마든지 아랫사람에게 무시당할 수 있다고 생각한다.

① 항상 그렇다　　　② 그런 편이다　　　③ 가끔 그렇다
④ 그런 적이 별로 없다　⑤ 전혀 그렇지 않다

80 이상

당신의 점수가 80점 이상이라면 당신은 비교적 부하 직원들에게 인기가 있는 상사일 것입니다. 그 대신 당신은 너무 아랫사람의 비위를 맞추어 권위 없고 우유부단한 사람으로 비쳐질 염려가 있습니다. 이 점만 보완한다면 당신은 사회 생활에서 얼마든지 성공할 수 있는 사람입니다. 《관계를 깨뜨리지 않고 유쾌하게 이기는 법 68》6, 8, 13, 18, 24, 40, 41, 42, 43 항목을 참고하시면 큰 도움이 될 것입니다.

60~80

당신의 점수가 60점부터 80점 사이라면 당신은 부하 직원들과 잘 지내는 편이지만, 가끔 부하 직원이 황당하게 생각할 정도로 불필요한 화를 내 부하 직원들에게 인심을 잃을 수도 있습니다. 당신 자신은 잘 모르지만 당신은 가끔 부하 직원들의 구설수에 오를 수도 있습니다. 그러나 당신은 기본적으로 아랫사람의 문화를 이해하려고 노력하는 사람이기 때문에, 조금만 노력하면 부하 직원들과 잘 지낼 수 있습니다. 《관계를 깨뜨리지 않고 유쾌하게 이기는 법 68》8, 9, 11, 12, 14, 17, 18, 40, 41, 42, 43 항목을 참고하시면 큰 도움이 될 것입니다.

40~60 당신의 점수가 40점부터 60점 사이라면 당신 자신은 부하 직원들과 잘 지내려고 무척 노력하는 것 같지만, 부하 직원들은 당신을 매우 권위적인 사람으로 여길 가능성이 높습니다. 따라서 부하 직원들은 당신에게 중요한 아이디어나 정보는 가급적 차단할 것입니다. 하루빨리 이들과의 대화 통로를 만들고 포용해야 당신의 자리가 오래 유지될 것입니다. 《관계를 깨뜨리지 않고 유쾌하게 이기는 법 68》 1, 3, 4, 6, 9, 11, 12, 17, 18, 26, 27, 40, 41, 42, 43 항목을 참고하시면 큰 도움이 될 것입니다.

40 미만 당신의 점수가 40점 이하라면 당신은 부하를 거느리기 힘든 사람입니다. 누구에게 일을 맡기느니 차라리 내가 하는 편이 더 낫다고 생각해 모든 권한을 혼자 다 쥐고 있을 가능성이 높습니다. 그러나 당신이 직장에서나 사업으로 성공하려면 가급적 아랫사람을 믿고 과감하게 일을 맡겨야 더 큰 일을 할 수 있습니다. 따라서 당신은 《관계를 깨뜨리지 않고 유쾌하게 이기는 법 68》을 항상 책꽂이에 두고 부하 직원 다스리는 법을 익히는 것이 좋을 것입니다.

자신과의 갈등 ⑤ 매니지먼트 능력 체크

당신 자신과의 갈등 매니지먼트 지수를 체크해봅시다. 이 항목은 당신 자신의 욕망을 얼마나 잘 절제할 수 있는지를 체크하는 항목입니다. 자신과의 싸움을 이길 수 있어야 타인과의 경쟁에서도 이길 수 있습니다. 다음 항목을 읽고 ① 항상 그렇다 ② 그런 편이다 ③ 가끔 그렇다 ④ 그런 적이 별로 없다 ⑤ 전혀 그렇지 않다에 체크 해주시기 바랍니다.

1. 나는 약속은 반드시 지킨다.

    ① 항상 그렇다　　　　② 그런 편이다　　　③ 가끔 그렇다
    ④ 그런 적이 별로 없다　⑤ 전혀 그렇지 않다

2. 나는 한번 결심한 일은 반드시 지키는 편이다.

    ① 항상 그렇다　　　　② 그런 편이다　　　③ 가끔 그렇다
    ④ 그런 적이 별로 없다　⑤ 전혀 그렇지 않다

3. 나의 체중은 나이보다 어려 보일 정도의 적정선을 유지하고 있다.

    ① 항상 그렇다　　　　② 그런 편이다　　　③ 가끔 그렇다
    ④ 그런 적이 별로 없다　⑤ 전혀 그렇지 않다

4. 나는 남이 내 일에 신경을 쓰지 않으면 나도 남의 일에 신경을 쓰지 않는다.

    ① 항상 그렇다　　　② 그런 편이다　　　③ 가끔 그렇다
    ④ 그런 적이 별로 없다　⑤ 전혀 그렇지 않다

5. 나는 한번 한 일은 결과가 아주 나빠도 후회하지 않는다.

    ① 항상 그렇다　　　② 그런 편이다　　　③ 가끔 그렇다
    ④ 그런 적이 별로 없다　⑤ 전혀 그렇지 않다

6. 나는 비교적 어렸을 때의 꿈을 이룬 편이다.

    ① 항상 그렇다　　　② 그런 편이다　　　③ 가끔 그렇다
    ④ 그런 적이 별로 없다　⑤ 전혀 그렇지 않다

7. 나는 스스로 하지 않겠다고 생각하면 어떤 사람이 유혹해도 안 한다.

    ① 항상 그렇다　　　② 그런 편이다　　　③ 가끔 그렇다
    ④ 그런 적이 별로 없다　⑤ 전혀 그렇지 않다

8. 나는 "못살겠다" "그건 못한다" 등의 말을 하지 않으려고 노력한다.

    ① 항상 그렇다　　　② 그런 편이다　　　③ 가끔 그렇다
    ④ 그런 적이 별로 없다　⑤ 전혀 그렇지 않다

9. 나는 웬만하면 다른 사람의 미움을 받지 않으려고 양보한다.

　　① 항상 그렇다　　　　② 그런 편이다　　　③ 가끔 그렇다
　　④ 그런 적이 별로 없다　⑤ 전혀 그렇지 않다

10. 나는 생활 계획표를 가지고 있고, 계획대로 사는 편이다.

　　① 항상 그렇다　　　　② 그런 편이다　　　③ 가끔 그렇다
　　④ 그런 적이 별로 없다　⑤ 전혀 그렇지 않다

각 항목의 ①번에는 10점 ②번에는 8점 ③번에는 6점 ④번에는 4점 ⑤번에는 2점을 주어 채점하시기 바랍니다.

80 이상 당신의 점수가 80점 이상일 경우 당신은 스스로 자신을 컨트롤할 능력이 있는 사람입니다. 따라서 자기 관리를 잘하는 편입니다. 그러나 자기 관리를 잘한다고 해서 타인과의 인간관계가 다 좋은 것은 아닙니다. 자기 자신을 관리하듯 타인과의 관계도 관리한다면, 당신은 충분히 사회 생활에서 크게 성공할 수 있을 것입니다.

60~80 당신의 점수가 60점에서 80점 사이라면 당신은 자기 관리를 강하게 원하지만 뜻대로 되지 않는다고 생각할 가능성이 높습니다. 따라서 당신은 《관계를 깨뜨리지 않고 유쾌하게 이기는 법 68》의 3장 〈자기 자신을 이기는 법〉을 참고하시면 도움이 될 것입니다.

40~60 당신의 점수가 40점부터 60점 사이라면 당신은 자신과의 싸움을 원하지 않고 웬만한 어려움은 피해가려고 하는 사람일 것입니다. 사회적 경쟁력을 기르려면 자신과의 싸움에서 먼저 이겨야 합니다. 따라서 《관계를 깨뜨리지 않고 유쾌하게 이기는 법 68》 중 특히

62, 64, 66, 67, 68 항목을 외울 때까지 읽으시기 바랍니다.

40 미만 당신의 점수가 40점 미만이라면 당신은 웬만한 일을 포기하고 되는 대로 살자고 생각하며 불행한 삶을 살고 있을 가능성이 높습니다. 따라서 당신은 스스로에게 경쟁력을 불어넣어야만 사회에 적응하며 편하게 살 수 있습니다. 《관계를 깨뜨리지 않고 유쾌하게 이기는 법 68》을 여러 번 읽으면서 나 자신은 물론 타인과의 경쟁에서 이기는 법을 터득하시기 바랍니다.